कृष्णा सोबती

जन्म 18 फरवरी, 1925 को गुजरात के उस हिस्से में हुआ जो अब पाकिस्तान में है। अपनी लम्बी साहित्यिक यात्रा में कृष्णा सोबती ने हर नई कृति के साथ अपनी क्षमताओं का अतिक्रमण किया। 'निकष' में विशेष कृति के रूप में प्रकाशित 'डार से बिछुड़ी' से लेकर 'मित्रो मरजानी', 'यारों के यार', 'तिन पहाड़', 'बादलों के घेरे', 'सूरजमुखी अँधेरे के', 'ज़िन्दगीनामा', 'ऐ लड़की', 'दिलो-दानिश', 'गुजरात पाकिस्तान से गुजरात हिंदुस्तान', 'चन्ना', 'हम हशमत', 'समय सरगम', 'शब्दों के आलोक में', 'जैनी मेहरबान सिंह', 'सोबती-वैद संवाद', 'लद्दाख : बुद्ध का कमण्डल', 'मुक्तिबोध : एक व्यक्तित्व सही की तलाश में', 'लेखक का जनतंत्र' और 'मार्फ़त दिल्ली' तक उनकी रचनात्मकता ने जो बौद्धिक उत्तेजना, आलोचनात्मक विमर्श, सामाजिक और नैतिक बहसें साहित्य-संसार में पैदा कीं, उनकी अनुगूँज पाठकों में बराबर बनी रही।

ज्ञानपीठ पुरस्कार, साहित्य अकादेमी पुरस्कार और साहित्य अकादेमी की महत्तर सदस्यता के अतिरिक्त अनेक राष्ट्रीय पुरस्कारों और अलंकरणों से शोभित कृष्णा सोबती कम लिखने को ही अपना परिचय मानती थीं, जिसे स्पष्ट इस तरह किया जा सकता है कि उनका 'कम लिखना' दरअसल 'विशिष्ट' लिखना था।

निधन 25 जनवरी, 2019 को दिल्ली में हुआ।

यारों के यार

कृष्णा सोबती

राजकमल पेपरबैक्स

पहला पुस्तकालय संस्करण
राजकमल प्रकाशन प्राइवेट लिमिटेड द्वारा
1968 में प्रकाशित

राजकमल पेपरबैक्स में
पहला संस्करण : 2010
तीसरा संस्करण : 2023

राजकमल पेपरबैक्स : उत्कृष्ट साहित्य के जनसुलभ संस्करण

राजकमल प्रकाशन प्रा.लि.
1-बी, नेताजी सुभाष मार्ग, दरियागंज
नई दिल्ली-110 002
द्वारा प्रकाशित

शाखाएँ : अशोक राजपथ, साइंस कॉलेज के सामने, पटना-800 006
पहली मंजिल, दरबारी बिल्डिंग, महात्मा गांधी मार्ग, प्रयागराज-211 001
1, अनमोल सोराबजी संतुक लेन, धोबी तलाव, मरीन लाइंस, मुम्बई-400 002

वेबसाइट : www.rajkamalprakashan.com
ई-मेल : info@rajkamalprakashan.com

बी.के. ऑफसेट
नवीन शाहदरा, दिल्ली-110 032
द्वारा मुद्रित

मूल्य : ₹150

YARON KE YAR
Novel by Krishna Sobti

ISBN : 978-81-267-1966-2

यारों के यार

बड़े बाबू किसी पुरानी फ़ाइल में खोए बैठे थे कि ऐन चार-चालीस पर चपरासी ने आ साहब को सलाम दिया।

बड़े बाबू ने चपरासी के चेहरे से हाकिम की मिज़ाजी हरारत भाँपने की कोशिश की, फिर हाथ का कलम कलमदान में टिकाया, रूमाल से चश्मा पोंछा और साहब के हुजूर में पेशी के लिए चल दिए। बरामदे में ज़रा आदतन हिचकिचाए, गला खँखारा कि साहब के चपरासी ने बन्दगी बजा चिक उठा दी।

"बैठिए भवानी बाबू," साहब फ़ाइल पर आँखें गड़ाए रहे।

भवानी बाबू ने कुर्सी खींचते-खींचते एक छिपी नज़र फ़ाइल पर डाली, फिर तुरन्त ही दीवार पर टँगे कैलेंडर पर टिका दी। मन-ही-मन आज और कल की तारीख़ में साहब को पेश की फ़ाइलों के मज़मून दोहराए, एक-एक कर उनकी नाकाबन्दी ताज़ा की और सुर्खरू हो हाकिम के हुक्म का इन्तज़ार करने लगे।

साहब ने फ़ाइलों के ढेर पर दस्तख़त करना जारी रखा। आख़िरी फ़ाइल का फीता खोला तो बड़े बाबू को मुख़ातिब हुए, "भवानी बाबू, आपकी तो काफ़ी छुट्टी बाकी होंगी, आप छुट्टी पर जाना चाहेंगे ?"

साहब की आवाज़ पर भवानी बाबू कुर्सी पर उचक बैठे थे, मज़मून सुन सकते में आ गए।

साहब ने अगले जुमले में सब साफ़ कर दिया, "आपके हक़ में यही अच्छा होगा भवानी बाबू !"

बड़े बाबू ने किसी तरह हलक की फाँस निगली और सहमे गले से पूछा, "कुछ ख़ता हुई हुज़ूर ?"

साहब ने ख़ुर्दबीनी निगाह भवानी बाबू के चेहरे पर गड़ा दी और अफ़सराना अन्दाज़ में बोले, "पड़ताल के लिए जाँच-कमेटी बैठनेवाली है, आपको फ़ौरन मुअत्तिल न कर, छुट्टी की छूट दे महकमे ने आपके साथ रियायत ही बरती है।"

उलटी हवा की मार से बड़े बाबू के दिलो-दिमाग की सब खिड़कियाँ एकसाथ खुल गईं। किसी तरह अपने को सँभाल हाकिम के आगे सिर झुकाया, "महकमा जो ठीक समझे हुज़ूर—इस नाचीज़ को तो आप ही का भरोसा है।"

बड़े बाबू की ज़मानेसाज़ी से साहब की पेशानी पर तेवर उभर आए। कुछ कहना ही चाहते थे कि घंटी बज उठी, "कहिए, किसे चाहते हैं ? भवानीशंकर ?...भवानी बाबू, आपका फोन है।"

भवानी बाबू कुर्सी से उठे और हाथ बढ़ा साहब से फ़ोन ले लिया, "जी, बोल रहा हूँ। कौन बन्ने, क्या कहा, मुन्ने के सिर में चोट आई है ? होश में नहीं ? फ़ौरन अस्पताल ले जाओ—हाँ...हाँ...हाँ...पहुँचता हूँ।"

बड़े बाबू ने चोट-खाई निगाह से साहब की ओर

देखा और रिसीवर नीचे रख हस्बेमामूल हाकिम का हुक्म बजा लाने के अन्दाज़ में कहा, "मेरी छुट्टी का सामान तो बन गया बन्दा परवर, लड़के का सिर फटा है—इजाज़त हो तो चलूँ ?"

साहब ने मौके की नज़ाकत पहचान हमदर्दी जताने में हर्ज न समझा, "दफ़्तर के झगड़े-झमेले यहीं छोड़ बच्चे की देखभाल कीजिए भवानी बाबू..."

भवानी बाबू चलने को हुए कि एकाएक कुछ याद हो आया, "सर, तिमाही स्टेटमैंट कल जाने को है, कहें तो निबटाता जाऊँ !"

साहब दिल-ही-दिल चौकस हुए। ज़ाहिरा कहा, "स्टेटमैंट की फ़ाइल शर्मा को सँभलवा जाइए और बाकी भारद्वाज को सौंप दीजिए।"

ख़तरे की तेग गले पर झूलती देख भवानी बाबू ने उलझी पेचक का रिरा निकालना गुनासिब न समझा और मन-ही-मन अपने बिगड़ते केस की फ़ाइल पैंडिंग में डाल दी। इजाज़त के लिए टुक कुर्सी की ओर सिर झुकाया और चिक उठा बाहर हो गए।

सीट पर पहुँचे तो दर्जनों निगाहें एकसाथ मेज़ की ओर उठीं और बड़े बाबू को इत्मीनान से फ़ाइलों में मसरूफ़ होते देख हैरत में आ गईं। हाकिम के रूबरू होकर भी यह ठस्सा !

भवानी बाबू ने चपरासी को घंटी दी, पानी पिया और मसरूफियत से फ़ाइलों के नाम, नम्बर और मज़मून चौकस करते-करते कुछ ज़रूरी नोट ले लिए।

शर्मा ने एक ख़ुफिया निगाह भारद्वाज पर डाली और होंठों पर की काली मुस्कराहट पर सफेद सिगरेट टूँग ली। दो-चार कश लिए, चुटकी बजाकर राख झाड़ी और पुराने

खिलाड़ियों की तरह बड़े बाबू के पास आ कहा, "भवानी बाबू, कोई ज़रूरी फ़ाइल खोजते हैं क्या? मैं मदद करूँ?"

भवानी बाबू जवाब में कुछ बोले नहीं—चश्मेवाली आँखें पहले की तरह ही फ़ाइल पर दौड़ाते रहे।

शर्मा ने अचानक उठ आई खाँसी को रोकते-रोकते अपने हमजोलियों को आँख मारी कि सक्सेना की कनकव्वी आँख ने बीच में ही झपट ली।

एकाएक बड़े बाबू ने अपनी मँजी हुई रौबीली आवाज़ में सब इशारेबाज़ियों को खत्म कर दिया, "शर्मा, लो सँभालो, यह स्टेटमैंट की फ़ाइल है। याद रहे, कल आख़िरी तारीख है, इसके जाने की। और हाँ, भारद्वाज, फ़र्नीचर परचेज़ की फ़ाइल कल साहब को सबमिट होगी।"

पेश्तर कि भारद्वाज और शर्मा कोई हुज्जत करें, बड़े बाबू ने फोन उठा लिया, "सर, आपके कहे मुताबिक सबकुछ समझा दिया है...हाँ, टैंडर्स की फ़ाइल आपको भिजवाए देता हूँ। जी हाँ...जी हाँ...जा ही रहा हूँ साहब!"

मेज़ों के आर-पार लग रही अटकलों को नज़र-अन्दाज़ कर भवानी बाबू ने मेज़ का सामान दराज़ में बन्द किया और चपरासी को घंटी दे दी, "जुगलाल, ये फ़ाइलें साहब के यहाँ जाएँगी, डाक तो कोई बाक़ी नहीं?"

"जी नहीं साहब!"

भवानी बाबू की नज़र ज़रा-सी देर को जुगलाल के चेहरे पर ठहरी, फिर कोने में बैठे डिस्पैचर की मेज़ पर गुम हो गई।

टाइपिस्ट ने बड़े बाबू की मेज़ से लाल बस्ता उठते देखा तो फुर्ती से कुछ काग़ज़ात भवानी बाबू के आगे कर

दिए।

भवानी बाबू ने चाहा कि इनकार कर दें, फिर न जाने क्या सोच उचटती-सी नज़र से पन्ने पलटने लगे। किसी एक 'कान्फ़ीडेंशल' पर आँख अटकी ही थी कि शर्मा का ऊँचा कहकहा तीर की तरह दिल पर आ लगा।

बड़े बाबू ने कागज़ों का जाँचना जारी रखा, कुछ गलतियाँ सही कीं, टाइपिस्ट को पन्ने लौटाते-लौटाते एक नज़र ब्रांच पर डाली, एक घड़ी पर और कुर्सी से उठ बैठे।

दाएँ-बाएँ देखे बिना जल्दी-जल्दी बरामदा पार किया। पाँव बजरी पर पड़ते ही जूते चरमराए तो घबराहट से दिल धड़कने लगा। क्या ख़बर, नसीबा उन्हें यहाँ बाइज़्ज़त लौटने दे, न दे !

"भवानी बाबू...भवानी बाबू...!"

अपना नाम सुन कुछ ऐसी उलझन हुई कि दफ़्तर-भर की नज़रों से कहीं दूर निकल जाएँ। यदुवंशी को अपनी ओर आते देखा तो जान लिया कि उनके पीछे जो चर्चा होनी थी, हो चुकी।

"बड़े बाबू, आपका फ़ोन है।"

भवानी बाबू की आँखों में बेटे का मासूम चेहरा तड़पने लगा। बच्चा अस्पताल में पड़ा है और वह दफ़्तर के झमेलों में वक्त खोया किए। बदहवासी की हालत में कमरे की ओर दौड़े। लपककर फ़ोन उठाया, "कौन, बन्ने ?...हाँ...हाँ...ऊँचे बोलो बेटे—क्या कहा ?" जवाब में बेटे ने जो कहा, सुनकर भवानी बाबू पत्थर हो गए। टेलीफ़ोन का चोंगा हाथ में ही लटका रहा और आँखें मेज़ पर थिर हो गईं।

कुछ अनहोनी हुई जान सक्सेना ने कंधे से थाम बड़े

बाबू को कुर्सी पर बिठा दिया तो हैरत से लोग बुत बने भवानी बाबू की ओर ताकते रह गए।

किसी ने यदुवंशी को टोहा, "पूछो तो सही, फ़ोन क्या घर से था...?"

शर्मा, भारद्वाज अपने चेले-चाँटों के संग किसी और ही फ़िराक में थे। अजीब मसखरेपन से बड़े बाबू को घूरते रहे।

बख्शी ने शर्मा के कान में फुसफुसा दिया, "नजूम के हिसाब से तो गुड्डी कटी ही समझो।"

शर्मा ने सिगरेट सुलगाई और मौका मौज़ूँ जान अपनी तुरप फेंक दी, "यार, भवानी बाबू की इस हालत का क्या सबब ? कोई मुहरबन्द फ़रमान तो नहीं मिल गया इन्हें ?"

चन्द भले लोगों ने हिक़ारत से जात-भाइयों की इस टोली को देखा, पर कुछ भी कहना ख़तरे से खाली न समझ चुप बने रहे।

एकाएक सूरी ने पीछे से आ शर्मा को झँझोड़ दिया, "लालबेगिया टुच्चा साला बाज़ नहीं आएगा। मालूम भी है, बड़े बाबू का लड़का जाता रहा।"

अज़हद पछतावे और शर्मिन्दगी से शर्मा ने सिगरेट नीचे फेंक पाँव से मसल दी कि एक दबी-दबी दर्दनाक सिसकी भवानी बाबू के गले से निकली और कमरे में फैल गई।

कुछ लोग खड़े-खड़े एक-दूसरे का मुँह ताकते रहे, कुछ बड़े बाबू के साथ हुई तकदीर की इस साज़िश पर हाथ मलते रहे।

माथुर ने सूरी से मशवरा किया, टैक्सी के लिए फ़ोन मिलाया और साथियों को बड़े बाबू के ग़म में शरीक होने

का इशारा दे दिया।

हॉर्न की आवाज़ पर माथुर भवानी बाबू के पास आए और कंधे पर हाथ रखकर कहा, "हौसला करिए बड़े बाबू..." और सहारा दे बाहर लिवा ले चले।

सूरी, शर्मा और भारद्वाज बरामदे में पीछे-पीछे चले आते थे कि साहब अपने कमरे से निकले और इस मातमी जुलूस को नज़र-अन्दाज़ कर सीधे अपनी कार की ओर बढ़ गए।

सूरी ने एक नज़र साहब की कार पर डाली और टैक्सी में बैठते-बैठते एक फटकार फेंक दी, "चूतिया, साला, किस्तों की कार में लट्टू बना घूमता है, बहनचोद ! किसी दिन हराम का चूना झड़ने पर आ गया तो सारी चिनाई धरी रह जाएगी।"

बड़े बाबू ने सिर उठा अजीब लुटी-लुटी हारी नज़र से सूरी की ओर देखा और देखते ही आँसू टपकने लगे। जितनी बार रूमाल से आँखें पोंछते, बेटे के लहूलुहान सिर पर किसी मनहूस फ़ाइल का पन्ना चिपका दीखता।

टैक्सी क्वार्टर के सामने रुकी। भवानी बाबू किसी तरह अपने को...समेट नीचे उतरे। शर्मा को भाड़ा चुकाते देखा तो हाथ से रोक दिया। खुद ही ड्राइवर को निबटा, लम्हा-भर घर की ओर मुँह कर ठिठके रहे, फिर थके-हारे कदमों से अन्दर जा दाख़िल हुए।

मुन्नन को गोद में डाले रोती-बिलखती मालती को देखा तो कलेजा मुँह को आ गया। झुककर बेटे का मरा मुख देखा, खून से भरा लथपथ नन्हा मासूम सिर देखा—आखिरी प्यार देने को बच्चे के माथे पर हाथ रखा तो फूट-फूटकर रो दिए।

नन्हे मुन्ने को आँखों से ओझल कर भवानी बाबू

उस रात खाली हाथ घर लौटे, तो मातम के सन्नाटे में डूबा घर, घर-सा न लगता था। पाँव आप-ही-आप बरामदे के बाहर रुक गए। मुन्नन अभी दौड़े आएँगे और बाबूजी से आ लिपटेंगे।

"बाबूजी, हमें साइकिल चाहिए—ले देंगे न ?"

"क्यों नहीं...क्यों नहीं बेटे, अगले महीने ज़रूर दिलवाएँगे।"

किसे मालूम था, साइकिल आने से पहले बेटे की रुख़सत की घड़ी आन पहुँचेगी !

उस रात घर की मनहूस ख़ामोशी में मुन्नन की भोली-भाली सूरत कभी दादी की झोली में आ दुबकती, कभी माँ की गोद में और कभी बाबूजी के सिरहाने। ठुमक-ठुमक चलता कोई मीठा सपना आँखों पर झुकता और पहचान करते ही नदी की धारा में ओझल हो जाता—छप्प...छप्प...छप्प...।

जमुना की रेती में मुन्नन को ढूँढ़ते फिरते भवानी बाबू किसी की कड़कती आवाज़ सुन सहमे, "भवानी बाबू, यहाँ-वहाँ क्या ताकते हैं ? बेकार की बहानेबाजी छोड़िए और तुरन्त जाकर दफ्तर से अपना 'पर्सनल फ़ाइल' निकाल लाइए।" घबराहट में भवानी बाबू कुछ समझ नहीं पाए, बेबसी से साहब की ओर देखा और घबराहट में जूते हाथ में ले दफ्तर की ओर दौड़ पड़े।

सामने पुल पर से जाती गाड़ी को हाथ हिला-हिला रोकने की कोशिश की कि अचानक किसी ने चलती गाड़ी में से मुँह बाहर निकाला और एक फ़ाइल भवानी बाबू की ओर उछाल दी, "दादा गुरु, इसमें अवस्थी का रिकॉर्ड सँभालकर रख लो, काम आएगा...।"

बड़े बाबू ने लपककर फ़ाइल उठा ली। चौकन्ने हो

इधर-उधर देखा और फ़ाइल बगल में दबा दफ़्तर की राह पकड़ ली।

दफ़्तर पहुँच अपनी मेज़ की दराज़ खोली और पूरी चौकसी से फ़ाइल ताले में बन्द कर दी। कुर्सी पर बैठने को ही थे कि किसी की आवाज़ सुनकर सहम गए।

"बाबूजी...बाबूजी..."

आँख खुलते ही गुड़िया के हाथ में चाय का प्याला देखा तो पाया, वह दफ़्तर में नहीं अपने घर में हैं। हाथ बढ़ा प्याला थामा और लिहाफ़ सहेज बिटिया को पास बिठा लिया। गुड़िया कुछ देर बाबूजी की ओर देखती रही, फिर हौले से पूछा, "बाबूजी, मुन्नन भैये के कपड़े क्या होंगे ?"

भवानी बाबू परेशानी से कभी प्याले की ओर देखा किए, कभी बिटिया की ओर, फिर बच्ची के सिर पर हाथ रख समझाया, "मुन्नन तो भगवानजी के घर गए बिटिया, कपड़ों की क्या सोच...?"

"बाबूजी, नन्हे तो कहते हैं, भगवानजी एक और भैया भेजेंगे।"

"जाओ बिटिया, जाकर अम्माँ का हाथ बँटाओ।"

बच्ची के भोलेपन से दिल भर आया। सिरहाने पर सिर रखते ही कुछ देर पहलेवाला ख़्वाब आँखों के आगे घिर आया तो फ़िक्र और घबराहट से तबीयत दहल गई।

'इंक्वायरी' का क्या ठीक ! किस जाल की गाँठ किस जोड़ से छिटक जाए और किसकी छुरी किसकी गर्दन पर चल जाए ! पवनपुत्र हनुमान का ध्यान कर विनती की, "गरीबनवाज़, आप अंगुल पर पहाड़ उठा सकते हैं, इस गरीब को भी कष्ट से उबारिए।"

भवानी बाबू ने आँखें खोलीं तो गहरा सकून दिल में

पाया। सामने से मानो अँधेरे का परदा छँट गया और जो दीख पड़ा, वह बिल्कुल साफ़ था।

"जब तक ऑर्डर नहीं होता, उन्हें अपनी कुर्सी पर टिके रहना है।"

लिहाफ़ उतार बिस्तर छोड़ दिया और घड़ी देख दफ़्तर की तैयारी में जा लगे। नहाकर निकले तो अम्माँ के पास बैठी मालती उन्हें ग़मज़दा परछाईं-सी दीख पड़ी, "इस पगली को समझाओ अम्माँ, जिस बात पर इन्सान का बस नहीं, उसकी ख़ातिर कितना दुःख मनाएगी ! मुझे ही देखो, इधर मुन्नन गए, उधर दफ़्तर में काम का पहाड़ टूट पड़ा। तबीयत नहीं, पर क्या करूँ, छाती पर पत्थर रखे चला जा रहा हूँ।"

"बेटे, आज तो छुट्टी करते।"

भवानी बाबू बिना कुछ कहे कमरे की ओर बढ़ गए। ठाकुरजी के आगे एक बार और माथा नवाया और हनुमान-चालीसा का पाठ कर कपड़े पहन लिए। बटुआ खोल रेज़गारी अलग की और कोट की जेब में अपना कलम लगाते-लगाते मानो जिरह-बख़्तर पहन लिया, 'हिम्मत से काम लो भवानी, तुम्हारी आज़माइश का वक़्त है।'

भाभी के कहे रमाशंकर अन्दर आए तो दादा को तैयार देख कुछ भी कहने की हिम्मत न हुई। दबी ज़बान से इतना ही कहा, "दादा, छुट्टी की अर्ज़ी देनी हो तो रास्ते में पहुँचाता जाऊँ ?"

छुट्टी के नाम से भवानी बाबू का दिल दहल गया, पर कुछ बोले नहीं, चुपचाप चारपाई के पैंताने पाँव टिका तसमे बाँधने लगे।

एकाएक जैसे कुछ याद हो आया, "बिट्टन, तुम्हारे

सुपरिंटेंडेंट तबदील होकर किस महकमे में गए हैं ?"

"कौन दादा ! रंगबिहारी ? एंटीक्रप्शन में अंडर-सेक्रेटरी हो गए हैं।"

एक लपक रमाशंकर के चेहरे से उठ भवानी बाबू की आँखों में कौंध गई।

"रंगबिहारी को तुम कितना जानते हो बिट्टन ?"

रमाशंकर पहले चौकन्ने हुए, फिर दादा की ओर भरपूर देखा, "उसका लड़का तो अपना बड़ा यार है दादा !"

रमाशंकर की आवाज़ के पुख़्तापन ने भवानी बाबू के आगे जैसे किसी क़िले का सदर फाटक खोल दिया, "बिट्टन, मेरी हाज़िरी तो आज ज़रूरी है दफ़्तर में, तुम्हारी कोई 'कैजुअल' बाकी हो तो छुट्टी कर डालो।"

ठीक नौ-दस पर भवानी बाबू बाहर निकले। बजरी के साथ-साथ लगी क्वार्टरों की लम्बी कतार आज उन्हें बदरंग उदासी से पुती मालूम हुई। कल तक मुन्नन इसी घास में खेला करते थे—सबकुछ है, सिर्फ वही नहीं।

बस-स्टाप पर रोज़ के जाने-पहचाने चेहरों में से कोई न दीखा तो भवानी बाबू पटरी-पटरी अगले स्टाप की ओर चल दिए। आँखों के आगे नौकरी के पहले दिन से लेकर आज तक का ज़माना गुज़र गया। पहली बार जब उन्हें टाइपिस्ट की सीट दी गई थी तो उन्हें नौकरी नहीं मानो कोई छोटी-मोटी रियासत ही मिल गई थी। बड़े दादा ने उन्हें एक पॉकेट डिक्शनरी ला दी थी, "देखो भवानी, किसी भी लफ़्ज़ का शक हो तो डिक्शनरी से सही करने में कभी कोताही न करो। हमेशा याद रहे, सरकारी काग़ज़ पर दस्तखत कर देने पर उसकी ज़िम्मेदारी और जवाबदेही तुम्हारी होगी, किसी और की नहीं।"

दादा की उस नसीहत को तो भवानी बाबू ने गुरु-मन्त्र की तरह याद रखा। मेहनत और ख़बरदारी से सैकड़ों फ़ाइलें 'डील' कीं और क़ाबलियत से भुगता दीं। आज इतने सालों बाद यह मुसीबत न जाने कहाँ से बरपा हो गई।

नम्बर देख भवानी बाबू बस में चढ़े, कंडक्टर से टिकट लिया और खिड़की से बाहर देखते-देखते अपने छोटे-बड़े रिश्तेदारों की फ़ेहरिस्त ताज़ा करने लगे।

दादा के दामाद : कुँवर नारायण—महकमा फ़ाइनेंस के हैड-क्लर्क

मौसेरे भाई : छैलबिहारी—महकमा सप्लाई में सुपरिंटेंडेंट

चचेरे भाई : आनन्दशंकर—पी.डब्ल्यू.डी. में ओवरसियर

चाची के भाई : प्रेमलाल—डिप्टी मिनिस्टर के पी.ए.

मालती के मौसा : अटल बिहारी—इंडस्ट्रीज़ में अकाउंट्स-ऑफ़िसर

मालती के ताऊ : बाँकेबिहारी—एक्साइज़ में सुपरिंटेंडेंट

बड़े बहनोई : परमात्मास्वरूप—चीफ़ सैनेटरी इंस्पैक्टर, म्युनिसिपल कार्पोरेशन

मँझली बुआ के देवर : युवराज बहादुर—मुंसिफ़ जज

बड़े मामा : सरदार बहादुर—स्टेट बैंक के कैशियर

बड़े मामा के दामाद : आकाशलाल—होम-मिनिस्ट्री में अंडर-सेक्रेटरी

छोटे भाई रमाशंकर के साढ़ू : राजनारायण—महकमा ट्रांसपोर्ट में इंचार्ज

अपनी बिरादरी के बाबू शिवशंकर—मेम्बर पार्लियामेंट।

इनके अलावा अपने यार-दोस्तों के महकमे, डैज़िगनेशन, पोज़ीशन और रसूख़ के चीदा-चीदा डिटेल्स दिमाग़ी खाके में भरते चले गए कि दफ़्तर के स्टाप पर

कंडक्टर ने घंटी बजा दी।

रोज़ से करीब पन्द्रह मिनट पहले भवानी बाबू दफ़्तर में दाख़िल हुए। हाज़िरी के रजिस्टर में नाम, वक़्त दर्ज किया तो ऐसे लगा, जैसे किसी बहुत मुश्किल काम को सरअंजाम दिया हो ! अलमारी खोल फ़ाइलों की पड़ताल शुरू की तो कई 'नोटिंग-पोर्शन' पढ़ डाले। दिमाग पर सुबहवाले ख़्वाब का धुँधला-सा अक्स अब भी बाकी था। जिस किसी फ़ाइल को खोलते, जमुना किनारेवाला अवस्थी का रिकॉर्ड आँखों में तिर जाता।

दस बजते-न-बजते ब्रांच के हैडक्लर्क को हमेशा की तरह कुर्सी पर तैनात पाया तो रात की हमदर्दी के बावजूद झुँझलाकर रह गए। बन्दगी बजा हाज़िरी भरी और अपनी-अपनी मेज़ों पर दफ़्तर खोल दिए।

सिगरेट-पान की छोटी-सी मजलिस के बाद शर्मा और बख़्शी खिरामा-खिरामा कैंटीन से लौटे तो कुर्सी पर भवानी बाबू को जमे देखा और हाज़िरी रजिस्टर में नाम-वक्त दर्ज कर दिया।

बड़े बाबू अहलकारी अन्दाज़ में आँख उठाए बिना रोज़ की-सी मुस्तैदी और मसरूफियत से डाक मार्क करते रहे। चश्मेवाली आँखें काग़ज़ों पर जमी रहीं और हैडक्लर्की की तीसरी आँख ब्रांच-भर की हरकतों को 'वाच' करती रही।

ठीक ग्यारह-बीस पर फ़ाइलों का पुलिन्दा उठाया और रोज़ की तरह साहब के कमरे की ओर बढ़ गए।

बड़े बाबू के जाते ही शर्मा और बख़्शी ही-ही करके हँस दिए, "क्या क़ायम-मिज़ाज पाया है—कल बेटा गया और आज हज़रत हाज़िर ! पूछिए साहब, छुट्टी कर लेने से क्या कुर्सी लुटी जाती थी !"

बख़्शी ने बड़े बाबू के चम्मचों पर नज़र मारी और चुटकी बजा संजीदगी से कहा, "खिसक गई यार, अब क्या रखा है !"

सक्सेना ने शरारती नज़रों से देखा और सिगरेट के छल्लों में मुस्कराता रहा।

भारद्वाज ने मनसुखानी को आवाज़ दी, "डूबने का दूसरा नाम तैराक़ी है मेरे यार !"

सूरी ने कोई पुरानी सिरदर्दीवाली फ़ाइल खोली ही थी कि भारद्वाज की आवाज़ सुन फट पड़ा, "बहनचोद फतूरिया, साला झाँसापट्टी से बाज़ नहीं आता। जब देखो, बैठे-बैठे लूती लगाता है ! बहनचोद किसी दिन पासा पलट गया तो रोएगा बाप के सालों को।"

बख़्शी ने जल-भुनकर हाथ की सिगरेट दूर फेंक दी और ज़हरीली नज़र से सूरी को तरेरा, "बड़े भाई, तुम्हारी सीनियोरिटी का चक्कर क्या चला साला, दिमाग ही पटरी से उतर गया।"

सूरी ने हिकारत से बड़ी-सी थूक खिड़की से बाहर दे मारी, "जिस बहनचोद पटरी की तुम बात करते हो, वह हराम की पटरी है। उस पर सूरी मुँह नहीं मारता, हगता है साले हगता है।"

जम्मनलाल ने बख़्शी की इमदाद को आवाज़ दी, "सूरी बादशाह, हगने की अच्छी कही—लगेगी तो हगोगे ही, पटरी हो और चाहे जो हो...।"

सूरी ने बीच में ही टोक दिया, "चाहे अफ़सर की हथेली..."

सक्सेना, यदुवंशी और मनसुखानी के कहकहे करीब आधा दर्जन कमीज़ों पर तीर की मानिन्द जा लगे।

जोशी से बर्दाश्त नहीं हुआ तो कुर्सी से उठ खड़ा

हुआ। शर्मा के पास आ डपटकर कहा, ''जिसकी फिकरेबाज़ी हगने-मूतने तक महदूद हो, उसके मुँह लगने की ज़रूरत ही क्या ?''

सूरी फिर फूहड़पन से हँस दिया कि पेट पर कसी पतलून के बटन खुल गए, ''वाह रे चिलगोज़े, हगने-मूतने के नाम से नाक सिकोड़ता है। याद रख ब्रादर, पख़ाने में अफ़सर भी क्लर्कों की तरह ही टट्टी फिरते हैं।''

ब्रांच में कहकहों की होड़ लग गई तो सूरी को और शह मिली, ''यारो, कोई बादाम खाए या मूँगफली, गू की बू नहीं बदलती।''

शर्मा ने लपलपाती आँखों से लाल झंडी दिखाई, ''बड़े भाई, ज़रा होश से, सरकारी दफ़्तर है, भाँड़-भड़वों का अड्डा नहीं।''

सूरी और मचल गया, ''अड्डा नहीं, लुच्चई का मदरसा है। सुनें तो सही इसके जवाब में तुम्हारी पंडताई क्या कहती है !''

तबीयत शर्मा की एक झापड़ देने को कुलबुला उठी, पर सिगरेट सुलगाकर रह गया। जल्दी-जल्दी दो-चार कश खींचे और कड़वे गले से कहा, ''पंडताई कोई जुर्म है क्या ? जब देखो यही फब्ती ! तुम्हारे डर से क्या कुल-गोत्र बदल डालें ?''

''बदल क्यों नहीं लेता यार, मेरी बात मान, फ़ायदे में रहेगा। कल्लूलाल के स्पेशल कोर्ट में एंटरी करवा ले, चुटकी में अफ़सरी मिलेगी, चुटकी में।''

हँसी-मज़ाक़ का फ़ायदा उठा अग्रवाल ने एक छोटी-सी पर्ची चुपके से गुप्ता की ओर बढ़ाई ही थी कि जौहरी की आँखों ने क़ैद कर लिया, ''क्यों यार, क्या चक्कर है ! गुप्ता को परचूनी का हिसाब दे रहे हो

क्या ?"

अग्रवाल बिना तेवर चढ़ाए खिसियानी-सी हँसी हँस दिया, "बेकार खींचते हो गुरु, किन्हीं सगेवालों का पता था।"

मनसुखानी ने चुस्त पैंट की जेब से कंघा निकाला और लाड़ से बालों की पट्टियाँ सँवारते-सँवारते कहा, "हर जगह सगेवालों का ही बोलबाला है दोस्त ! आज की तारीख में हर सगेवाल, हर सगेवाल का सगेवाल है।"

माथुर हँस दिया, "क्या पहेली पेश की है यार ने !"

ब्रांच के बुजुर्ग अकाउंटेंट जियालाल फ़ाइल में माथा खपाते-खपाते थक गए थे। सुनकर कलम नीचे रख दिया और सिर हिलाकर बोले, "जीओ बेटा, जीओ...तुमने तो निचोड़ ही निकाल डाला इस धाँधली और कबीलापरस्ती का। आज ब्राह्मण ब्राह्मण का, बनिया बनिए का, कायस्थ कायस्थ का..."

सूरी कुर्सी छोड़ उठ बैठा और जियालाल बाबू के पास जा बड़ी आजिज़ी से कहा, "हिसाब-बाबू, इन सतवचनों में एक जुमला जोड़ने की इजाज़त मुझे भी हो जाए—ब्राह्मण ब्राह्मण का, बनिया बनिए का, कायस्थ कायस्थ का और हर हरामखोर सुसरा साला चाँदी के चिट्टे जूते का।"

ब्रांच में सन्नाटा छा गया, न किसी ने सूरी से आँख मिलाई, न ठहाका लगाया, सिर्फ़ गोयल की मशीन टिक...टिक...टिक करती रही।

एक तगड़ी गाली सूरी के होंठों तक आई, मगर दरवाज़े पर बड़े बाबू को देखकर मुहरबन्द हो गई। झुँझलाकर अपनी मेज़ की ओर बढ़ा, कुर्सी खींची और कलमदान से कलम उठाते-उठाते बुड़बुड़ा दिया, "जनखे

साले माँ के यार को मामा ही कहेंगे।''

भवानी बाबू ने कुर्सी की ओर बढ़ते-बढ़ते सक्सेना को आवाज़ दी, ''ज़रा ट्रांसपोर्ट तक चले जाओ—साहब को कुछ 'इन्फ़र्मेशन' आज ही चाहिए। कोई मुश्किल पेश आए तो सुपरिंटेंडेंट साहब बिशनदयाल साहब को मेरा नाम ले देना।''

कपूर ने भेद-भरी नज़र माथुर की नाक पर टिका दी। ट्रांसपोर्ट का बिशनदयाल माना हुआ फँसूगर है, जिसने उस्ताद बना लिया तो उसे बख़्शश ही बख़्शश।

बड़े बाबू ने भारद्वाज को तलब किया, ''ऑडिट-ऑब्जेक्शंस पर फ़्लैप लगाकर साहब को भिजवा दो।''

जौहरी ने माथुर को आँख मारी ही थी कि माथुर को भी आवाज़ पड़ी, '' 'हज़ारासिंह प्यारासिंह' के 'ओरिजिनल्स टैंडर्स', 'कम्पैरेटिव स्टेटमैंट' और 'इम्पार्टेंट डिटेल्स' की समरी चढ़ाकर ले आओ।''

साहब के चहेतों की बाछें खिल गईं। क्या कहने हैं अवस्थी-जैसे अफ़सर के! केस की घुंडी ही तो दबोच ली!

माथुर और जौहरी मन-ही-मन भवानी बाबू का सिक्का मान गए। क्या ढील दी है प्यारे ने!

'हज़ारासिंह प्यारासिंह' वाली फ़ाइल के पन्ने पलटते-पलटते माथुर की आँखों में सरदार हज़ारासिंह का चेहरा घूम गया। एक अवस्थी ही क्या, सरदार साहब ने दर्जनों अफ़सर और दफ़्तर खींच डाले!

चौकसी से फ़ाइल स्टडी की, स्टेटमैंट चैक की और फ़ाइल के सभी पहलुओं पर गौर करते-करते लगा अँधेरे में जैसे किसी ने टॉर्च फेंक दी हो। शुरू से आखिर तक की पेशबन्दी के सब जोड़-पुर्ज़े रौशन हो गए। 'ड्राफ्ट'

किया, दोहराया और लंच पर जाने से पहले फ़ाइल भवानी बाबू की मेज़ पर पहुँचा दी।

कैंटीन की ओर मुँह किया तो कपूर ने खबर दी, "लौंडों का गिरोह कैंटीन में चिपका बैठा है यार, तबीयत हो तो हो जाए.."

माथुर ने सिगरेट सुलगाई और कैंटीन की ओर बढ़ते-बढ़ते कपूर को बेफ़िक्र कर दिया, "फ़िक्र क्या है यार, इस टोली में नहले-दहले हों तो हों—इक्का एक नहीं।"

कपूर ने माथुर को बग़लगीर कर लिया, "तेरी इसी 'फड़नवीसी' का तो कायल हूँ यार !"

कैंटीन के शोर और प्लेट-प्यालियों की झनझनाहट में शर्मा की ऊँची आवाज़ तैर गई, "कलम के ज़ोर से कब तक अर्क निकलता प्यारे, हो गया केस 'विजीलैंस' को रैफ़र।"

माथुर और कपूर साथवाली टेबल पर जा डटे और ऊँची आवाज़ में दो प्लेट गुलाबजामुन और दो चाय ऑर्डर कर दिए।

जम्मनलाल ने एक संग शर्मा और माथुर को मस्का लगाया, "आज गुलाबजामुन किस खुशी में दोस्त ?"

माथुर ने पेच लड़ाती नज़र से सामना किया, "आज की तारीख़ में अपने को कोई ग़म नहीं प्यारे...बस, इसीलिए...। सुना है, बड़े बाबू को छुट्टी पर जाने को कहा गया है..."

गुलाबजामुन का मज़ा लेते माथुर ने नपी नज़र से भारद्वाज की ओर देखा और अपने हिसाब में कुछ और जमा कर लेने की गरज़ से कहा, "ख़ाकसार को इस मामले की कोई ख़बर नहीं।"

गुप्ता ने हुज्जत की, "निगहबानी में तुम मशहूर हो दोस्त, पर यह तो बताओ 'हज़ारासिंह प्यारासिंह' का ताबूत किसके ऑर्डर से खोला गया है ?"

"बन्दा तो हुक्म का गुलाम है दोस्त, आवाज़ पड़ी तो 'हाँका' भर दिया।"

"यार हाँका तो पड़ता है 'शिकारगाह' के क़रीब–मालूम तो हो, किसके शिकार की तैयारी है ?"

माथुर ने दाँव पहचान टँगड़ी दी, "मचान पर चढ़ने की बात तो दूर, अभी कोई हथियारों से लैस तक नहीं।"

भारद्वाज ने डोरी घुमाई, "हज़ारासिंह प्यारासिंह की फ़ाइल फोकट में नहीं निकली यार, अवस्थी बड़ा गोताख़ोर अफ़सर है।"

माथुर ने अनसुनी कर कैंटीन के छोकरे से छेड़छाड़ की, "दोस्त, चाय में गुड़ और अदरक क्यों नहीं मिलाते, पत्ती ही बचेगी।"

कपूर हँस दिया, "तुम्हें यह ग़लतफ़हमी कैसे हुई कि तुम्हारे कहने के पेश्तर ही वह इस तरकीब पर अमल नहीं कर रहा। क्यों बे छोकरे–ग़लत कहता हूँ ?"

"नहीं साहब !"

"क्या कहने हैं इस सादगी के...!"

शर्मा ने गोट खोली, "इस ऑडिट-ऑब्जेक्शन के झंझट को कौन निबटाएगा यार !"

माथुर ने सिगरेट सुलगाकर तीली दूर फेंक दी, "वही जिसने कीचड़ में कमल उगाया होगा।"

मनसुखानी ही-ही करके हँस दिया।

"क्या छोटी बात करते हो यार ! इस बहते पानी में कीचड़ और कमल का क्या काम ! सच पूछो तो हर

फ़ाइल समन्दर है, समन्दर...। जाल पड़ा नहीं कि माल मिला नहीं।''

माथुर ने दरबारी आवाज़ में खँखार दिया, ''अमा यार, छोड़ ये चर्चे, जाल पड़ते रहेंगे, माल मिलते रहेंगे, अपने हाथ क्या लगेगा...यह कलमघसीटी और यही क्लर्की का ग्रेड...।''

लंच के बाद सिर-टुँटवा घंटे मेज़ों पर लम्बे पसर गए। तीन के गए-गए बड़े बाबू साढ़े चार तक नहीं लौटे तो टकटोहनों की टोहा-टोही शुरू हो गई। बड़े साहब के मुकाम पर जो फोड़िया इतनी देर कैद रहे, वह इस शिकंजे से निकलेगा कैसे !

अग्रवाल ने पिदकी-सी थूथड़ी उठाई, "साहबे-सदर के तिलिस्म में बड़े-बड़े शातिर नाम-पते भूल गए...।"

भारद्वाज की रेलवई मूँछों ने हल्की-सी मरोड़ खाई, फिर इत्मीनान का लम्बा कश खींचा और सामने बैठे सक्सेना का कलेजा धुँखा दिया।

"हर मुलाज़िम का नाम-पता मयअँगूठे के सरकार सर्विस-बुक में महफूज़ रखती है।"

सक्सेना ने टाइप किए पन्ने फिर से नत्थी कर ट्रे में फेंक दिए और जौहरी को आवाज़ दी, "दोस्त, ककड़ी के चोर को कटारी की मारवाला मामला है..."

शर्मा ने चोट की, "किसी ने सच ही कहा है,

चोर-चोर मौसेरे भाई..."

सूरी ने आगे फैली फ़ाइल सटाक से बन्द कर दी, "साले, माँ के ढेंढवे, न काम, न धन्धा। सरकारी पंखों-तले बैठ टके-टके के नगीने जड़ते रहते हैं।"

गोयल ने अग्रवाल को आँख मारी, "कानी के ब्याह में सौ जोखें—डोला उतरे तब की बात।"

सूरी ने डपट दिया, "चुप बे हाटक लोचन, नोन-तेल से वास्ता रख। दरबारी लटकों से तेरा क्या काम ! इन्हें तराशने दे इन कायस्थ के बच्चों को।"

जौहरी ने रूमाल से गर्दन पोंछी और आदाब बजाकर कहा, "हम गुलामों से इतनी ख़फ़गी क्यों सूरी उस्ताद--हुक्म करो तो तुम्हारा भी परचम लहरा दें।"

"बहन के फोटे, यह लफ़्फ़ाजी रिज़र्व रख अपने बाप के लिए, जिसकी ताजपोशी जल्द ही इस महकमे में होनेवाली है।"

काग़ज़-कलम छोड़ ब्रांच-की-ब्रांच हैरत से सूरी के चेहरे पर मानो आनेवाले अफ़सर के तबादले का ऑर्डर पढ़ने लगी हो।

शर्मा ने छाती कड़ी कर कहा, "सूरी उस्ताद, दूर की हाँकने से फ़ायदा ! अफ़सर तो क्या, यहाँ का पत्ता तक न हिलने देंगे 'विजीलेंसवाले'।"

आलपिन से दाँत कुरेदते-कुरेदते सूरी ने मैल मेज़ पर सटा दिया, "क्या निकाला है चूतिया यार ने ठूठी का ठीकरा ! साले विजीलेंसवाले क्या गंगाजल पीकर 'इन्क्वायरी' करते हैं !"

ब्रांच में करारा कहकहा पड़ा तो गुप्ता ने भी अपनी अक्ल की कन्दील जला ली, "जगतगुरु, इस मामले में हम तो तुम्हारा इम्तहान लेने से रहे, पर यह बताओ कि बड़े

बाबू के ग्रह कैसे हैं ?"

"तेरी माँ की बहन, मेरी मौसी, साले, मैं लोगों की कुंडलियाँ पढ़ता हूँ !"

अग्रवाल महीनों से सूरी के ताने-तिशने पाले हुए था। जलकर बोला, "अगर सच सुनना चाहते हो तो पत्री पढ़ना और जिस-तिसके कपड़े उतारना एक ही चीज़ है, दो नहीं।"

किसी ने छींक दे मारी--आ...छीं...।

सूरी ने अग्रवाल को घूरा, "तेरी घरवाली के नेफे में तिलचट्टा, साले हमीं से मुँहजोरी !"

अग्रवाल और गोयल ने जलती निगाह से एक-दूसरे को देखा, फिर नीची नज़र कर फ़ाइलों के पन्ने पलटने लगे।

"वाह रे बैंगुन के जोड़े...बैठे-बैठे गाली हज़म। सालो गुर्दा क्या माँ के जच्चाख़ाने में छोड़ आए थे ? कुछ तो जिगरा रखा करो। गुद्दी पकड़ दो झाँपड़ रसीद करूँ तो भी क्या गांधी-घूँट पी जाओगे ?"

तबादले पर आनेवाले अफ़सर को भूल ब्रांच-की-ब्रांच सिर हिला-हिला हँसने लगी।

यदुवंशी ने तर ज़बान से हुलारा दिया, "उस्ताद, बड़ी बुरी चोट करते हो...।"

सूरी कुछ कहे कि बग़ल में फ़ाइलें दबाए भवानी बाबू ब्रांच में दाख़िल हुए।

चेहरे पर कुछ भी पढ़ सकना नामुमकिन था। सक्सेना को बुलाकर पूछा, "कोई दिक्कत तो नहीं हुई, ट्रांसपोर्ट से 'इन्फ़र्मेशन' लेने में ?"

"जी नहीं--आपका नाम लेने पर दयाल साहब ने डीलिंग-असिस्टेंट को बुलाकर सब इन्फ़र्मेशन दिलवा

दी—हाँ, बच्चे की सुन बड़े रंजीदा हुए।"

घड़ी-भर के लिए भवानी बाबू की आँखों के आगे बेटे का चेहरा ठिठका रहा और पलकें नम हो गईं। किसी तरह अपने को सँभाल शर्मा को आवाज़ दी, "आओ यार, एक प्याला चाय तो लें...आज तो दम मारने की फुरसत नहीं मिली।"

चाय के इन्तज़ार में कुर्सी पर पीठ टिका छत की ओर देखने लगे तो ऐन मेज़ पर लटकती चिमनी और बल्ब को देख अजब-सा ख़याल दिमाग़ में कौंध गया—जिस लट्टू का फ्यूज़ उड़ेगा वही चिमनी से निकाल परे फेंक दिया जाएगा।

भवानी बाबू दरीबे के नुक्कड़ पर पहुँचे तो चाँदनी चौक की चकाचौंध ने मुन्नन के बुझे थान की ओर भी अँधेरा कर दिया। चलते-चलते किसी से टकराए तो पाया, आँखें साइकिल की दुकान पर टँगी हैं। बेटे की छोटी-सी साध थी, पूरी न कर पाए। जेब में रखे रुपयों की बात सोचकर अफ़सोस के मारे गला रुँध गया।

सरदार बहादुर को उसके हमजोली के संग देखा तो घड़ी-भर को बड़े बाबू समझ नहीं पाए कि उन्हें आज इधर क्यों आना था। हड़बड़ाकर दिमाग़ पर सबसे ऊपर रखी फ़ाइल का फ़ीता खोल लिया और चौकस होकर कहा, "कहो यार सरताज बहादुर, मिज़ाज कैसे हैं ?"

"नवाज़िश है भवानी बाबू...इनसे मिलिए...चन्दोक साहब हैं जिनका ज़िक्र कल आपसे हुआ था।"

चन्दोक ने तपाक से हाथ आगे बढ़ाया तो बड़े बाबू ने दुआ-सलाम करते-करते पस्त कद और छोटी पेशानी का पूरा जायज़ा ले लिया।

चन्दोक ने मन-ही-मन तस्लीम किया कि आसामी खरी है और गर्ज़मन्द।

दोनों को एक-दूसरे को जाँचते-पड़तालते देख सरताज बहादुर ने सोचा, सौदा पट निकला तो छोटी-मोटी चौग़ान बाज़ी बुरी न रहेगी।

चन्दोक ने बटेरी आँखों से इधर-उधर देखा, नाक से जैसे कुछ सूँघा और सरताज के कंधे पर हाथ रख हौले से कहा, ''दरीबे की ओर बढ़ते बनो दोस्त, सामने की पटरी पर अवस्थी की...टाँट नज़र आई है।''

सुनते ही भवानी बाबू ऐसे छिटके कि सरताज आध घंटे तक उन्हें दरीबे में ढूँढ़ पाया।

हलवाई की दुकान में घुसे ही थे कि चन्दोक आ पहुँचा। हँसकर कहा, ''यार, तुम्हारे भवानी बाबू का पानी नाप रहा था। तुम तो बड़े कुलाबे बाँध रहे थे, यहाँ तो हाथ-भर का भी मामला नहीं...''

सरताज ने बेताबी से घड़ी देखी, इधर-उधर नज़र मारी तो पाया, भवानी बाबू इसी ओर चले आते हैं।

चन्दोक ने आस्तीन ऊपर की और राज़घराना अन्दाज़ में कहा, ''भवानी बाबू, आपका अवस्थी जिस पजामिए के चक्कर में है, वह इन मामलों का नम्बरी दलाल है।''

भवानी बाबू ने मन के 'कॉन्फीडेंशल-वर्क' पर कुछ नोट कर लिया और तौबा बुलाकर कहा, ''ख़ुदा का कुफ्र साहब...अवस्थी-जैसे अफ़सर से 'विजीलैंस' को क्या लेना-देना !''

मज़मून शुरू होते ही चन्दोक ने तीन दोने रबड़ी के ऑर्डर कर दिए और तरावट के इन्तज़ार में भवानी बाबू की बात सुने बग़ैर कहा, ''विजीलैंस की गिरिफ्त में

अवस्थी की गर्दन है कि क़लम, जानना चाहें तो बन्दा इसकी 'इन्फ़र्मेशन' हफ्ते के अन्दर-अन्दर मुहय्या कर सकता है।"

भवानी बाबू का चेहरा एकाएक दस साल छोटा दीखने लगा।

सरताज ने चन्दोक के इशारे पर पटरी मिलाई, "भवानी बाबू, आप जो भी 'डिटेल्स' चाहें, बेझिझक हो चन्दोक से कहिए—जोखिम उठाने में इनका कोई सानी नहीं।"

भवानी बाबू ने एक बार तो रबड़ी के दोनों पर ही मामला समेट लेना चाहा, फिर कुछ सोच दोनों की आँखों पर अपनी अक्ल का मोमरोगन मल दिया, "इस केस में मेरी जाती दिलचस्पी कुछ ख़ास नहीं, सिर्फ़ अपने मेहरबान अफ़सर के काम आना चाहता हूँ।"

रबड़ी का पिस्ता चन्दोक के दाँत तले आ सेम का बीज बन गया। झुँझलाहट से कहा, "यह भी कोई बात हुई भाप्पे ! जिसकी तुरपई उधड़ी है, उस माँ के लाल का कोई अता-पता भी तो होगा !"

तीर ऐन निशाने पर लगा जान भवानी बाबू सरताज की ओर मुड़े और निहायत संजीदगी से बोले, "यार, इस ज़माने में किसके बख़िए उधेड़ेंगे ! भलेमानुसों के ही तो...ऐसे ही बेचारे एक अवस्थी हैं। बैठे-बिठाए आ गए चपेट में।"

नाम सुन दोनों हमपेशा सकते में आ गए। गुस्से के मारे चन्दोक ने एक डबल दोना रबड़ी का और ऑर्डर कर मारा।

भवानी बाबू ने दिल-ही-दिल चोट बर्दाश्त कर सरताज को मजबूर किया, "सरताज बहादुर, एक और लो

यार—हर्ज क्या है ?"

सरताज ने सौदा पटा लेने की उम्मीद अभी तक न छोड़ी थी। आँख से कमन्द फेंककर कहा, "चन्दोक यार, किसी सिलसिले में अवस्थी का ज़िक्र तो तुमने भी किया ही था।"

भवानी बाबू की कट-हुज्जती से चन्दोक को अपनी ईंट बाज़ार में पड़ी दिखाई दी। रुखाई से कहा, "अवस्थी मेरी आसामी नहीं। जिस लपाड़िए ने उससे पाँच सौ खाया है, वही उसकी खिसकती पतलून भी सँभालेगा।"

आ...खाँ...आ...भवानी बाबू ने चारों खूँटे कसकर बागडोर अपने हाथ में सँभाल ली, "चन्दोक साहब, इसी नुक्ते पर आ रहा हूँ। वह शख़्स महज़ लिफाफिया है, और कुछ नहीं। यह बात साहब को भी मालूम हो चुकी है। अब तक गुमराह हुए सो हुए, अब यह मामला अपने लैवल पर आप सँभालिए।"

चन्दोक का दिल-दिमाग तरोताज़ा और तारीख़ खरी ही निकली। डकार लेकर कहा, "सरताज यार, अब आया न आनन्द, कोई बात तो बनी।"

सरताज बहादुर ने मेज़ के नीचे से चन्दोक का पाँव दाब दिया। भवानी बाबू से कहा, "भवानी बाबू, आपको जो चुनींदा-चुनींदा डिटेल्स चाहिए हों, बता दीजिए, चन्दोक अपना काम शुरू करे।"

जल्द ही जेब से अलग होनेवाली 'इन्वेस्टमैंट' को भवानी बाबू ने बिल्कुल सेफ़ करार दिया और लापरवाही से कहा, "जल्दी क्या है यार, अभी तो फ़ाइल एडमिनिस्ट्रेशन में चिपकी पड़ी है—ज़रूरत पड़ते ही तकलीफ़ दूँगा।"

चन्दोक की आँखों में फतहपुरी के तन्दूरी मुर्ग लटक गए।

"भवानी बाबू, वक़्त बताइएगा, चन्दोक गरज़मन्दों का गुलाम है। बदले में कुछ माँगता नहीं, फ़कत ज़रूरी खर्ची।"

सरताज ने मन-ही-मन चन्दोक की इस बेहयाई पर खुश हो उसे घुड़क दिया, "दोस्त क्या हल्की बात करते हो ! कद्रदानों को कभी तो पहचान लिया करो !"

चन्दोक से बचा एक ख़ुफिया नज़र सरताज ने बड़े बाबू तक भी पहुँचा दी, "ठीक किया है भवानी बाबू... चालू एजेंटों से ख़बरदारी बरतना अक्लमन्दी है।"

सरताज का मतलब भाँप भवानी बाबू भी ग़ौर से सरताज बहादुर की ओर देखते रहे, मानो कहते हों, 'यह बाप-दादा का इल्म है दोस्त—सिर्फ लिफाफिया हथकंडों के ज़ोर से इसे हथियाया नहीं जा सकता।'

रबड़ी के पैसे चुका दो-एक बार एहतियातन जेब में हाथ डाला, फिर अन्दर की जेब से लिफाफा निकाल चन्दोक की ओर बढ़ा दिया।

बारी-बारी हाथ मिला दोनों कीमियागरों से रुख़सत पाई तो सरताज ने सुर्खरू हो सिगरेट जलाई, "कहो दोस्त, अब किधर..."

चन्दोक ने पीठ में मुक्का दे मारा, "हरामज़ादे, अब खाली मुर्ग की टाँग क्या चूसेगा—अब तो वहाँ चल प्यारे जहाँ आबेहयात मिले।"

मन-ही-मन अपना हिस्सा अलग निकाल सरताज ने चन्दोक के सरमाए का अन्दाज़ा लगाया तो कन्नी काट लेनी चाही, "क्या कहें यार, अभी याद आया, दवा लेकर मेरा घर पहुँचना बड़ा ज़रूरी है। घर से बीमार चली आ रही हैं।"

चन्दोक ने सरताज को 'गल्लवकड़ी' डाल दी, "छोड़

भाप्पे, तेरी अम्माँ तो हर मौसम में बीमार रहती है।''

"अम्माँ नहीं यार, बच्चों की माँ का ज़िक्र है।''

"एक ही बात है दोस्त...प्यारेलाल चन्दोक तो अपनी बीवी को अपनी अम्माँ ही मानता है।''

हँसते-हँसते सरताज को खाँसी उठ आई, "तुम्हारा भी जवाब नहीं दोस्त...यों तुम्हारी बात में कुछ तुक तो है।''

रुपयों की ताज़ी गर्मी से चन्दोक ख़याली घोड़े दौड़ाता किसी चकले की सीढ़ियों पर जा पहुँचा। मस्ती में कहा, "जो जनाना हर रोज़ मैले-कुचैले कपड़ों में सौदाई बनी, ची-चपड़ और चूल्हे-चौके में लगी रहे, मर्द को रिझाने के नाम पर बीमारी का पचड़ा ले बैठे तो बता यार, उसको प्यारेलाल अम्माँ नहीं तो क्या मुजरे की कमसिन माने ?''

सरदार हज़ारासिंह प्यारासिंह ने आला स्टील फ़र्नीचर से सजे-सजाए दफ़्तर में बैठे-बैठे कम्पनी के तजर्बेकार खोजी साईंदास से पूरी तफसील सुनी, सब पहलुओं पर ग़ौर किया और स्याह-सफ़ेद का पूरा खाका दिमाग पर खींच लिया।

साईंदास के बाहर जाते ही कीमती भीनी सैंट का झोंका अन्दर आया तो दारजी के दाहिने आकर सिमट गया। दारजी ने साफा छुआ, फिर हाथ बढ़ा स्टैनो के रेशमी बालों को सहलाया और उसके लेसदार बारीक ब्लाउज़ पर खुश होकर कहा, "तमाशा मिस, शार्टहैंड टाइप के लिए इतनी महीन चोली की ज़रूरत क्यों ?"

तमाशा ब्यूटी सैलून से सीखी ताज़ी अदाओं से शरमाई, फिर हँस दी। हाथ से बियर धुले बाल छितराए और आँखें नचाकर कहा, "बड़े बॉस, यह छोटे बॉस का स्टैंडिंग ऑर्डर है।"

दारजी ने ब्लाउज पर उभरे ऑर्डर का जायज़ा लिया और ज़रूरत मुताबिक मजा लेकर कहा, ''तमाशा मिस, हमेशा याद रहे–लिहाज़ छोटे बॉस का और ऑर्डर बड़े बॉस का।''

तमाशा ने गर्दन झुका दिलफेंक नज़र से बड़े दारजी को देखा, फिर लाड़ से उनका साफा चूम लिया। उनके पहलू से निकल आँखें झपकाकर कहा, ''बड़े दारजी का हुक्म हो तो तमाशा इम्पोरियम की टाट-पट्टी पहना करे।''

दारजी ने लाड़ से चपत दी, ''सिर-मुनिया, इस कम्पनी में यह नहीं चलेगा। हाँ, कुछ 'हाई-अप्स' के लिए रेशमी गाढ़े की पोशाकें बनवा रखो।''

तमाशा ने दारजी से डिक्टेशन लेने के लिए ताज़ा वरक निकाला और चमकते नाख़ूनोंवाली उँगलियों में नोकदार पैंसिल अटाए, दारजी के चुटकी से पहाड़ हिला देनेवाले नुस्खों का इन्तज़ार करने लगी।

दारजी ने टेबल-डायरी के पन्ने पलटे तो लाल-नीली तारीखों में कई चेहरे, टैंडर, लाइसेंस और ठेके चमक उठे।

बाकायदा बड़ी कम्पनी के मैनेजिंग डाइरेक्टर के ठस्से से रौबीली आवाज़ में डिक्टेट करवाया :

पहला पूर

सोशल पिकनिक

फरीदाबाद

दो दर्जन तन्दूरी मुर्ग़

दो दर्जन फिश-कटलेट

दो दर्जन शामी कबाब

एक दर्जन बाकरखानियाँ

दो दर्जन रूमाली रोटियाँ
दो दर्जन तन्दूरी पराँठे
दो क्रेट बियर
दो क्रेट कोका, सोडा
और गुच्छा एक खानदानी लड़कियों का !

दूसरा पूर

स्टार कंटरी हाउस
के
बागीचे में
सनीचर की शाम—
मेज़बान मशहूर समाजसेवी रईस
प्रभुदयाल
खर्चा पूरा—'हज़ारासिंह प्यारासिंह'
मौजूदगी बड़े-बड़े खिलाड़ियों की :
तन्दूरी और चाइनीज़ पकवान
बैंड की हाज़री
दर्जन दो सस्ती जवान लड़कियाँ
बीवियों को 'फ्लोर' पर उलझाए रखने के लिए
दर्जन-भर किराए के लौंडे
एक मेज़ मंगलवारी पकवान
और
काउंटर पर नीरा
डिम्पल का खासा स्टाक और
रुतबे के मुताबिक लिफाफों में नकदी।

तीसरा पूर

चार डबल सूट—मेडंस, अशोका, इम्पीरियल
और कॉन्टीनेंटल – पढ़ी - लिखी अच्छे
तलक्कुज़वाली अंग्रेज़ीदाँ खुशगवार लड़कियाँ—

लिटरेचर और आर्ट की गुफ्तगू में माहिर
खजुराहो
कार-पार्क
उदयपुर
    और
आगरा के अलग-अलग ट्रिप।

महीने का खास जलसा
जनसेवक कल्चरल सेंटर का मुहूर्त
मोअज़िज़ मेहमान की अगवानी
गेंदे के हार डबल साइज़, गुलाब की पंखुड़ियाँ
    मन-भर
एक अदद चाँदी की तश्तरी में सोने की कतरनी
बनारस ब्रोकेड का थान बतौर निशानी और नटराज
    की मूर्ति
एक पैकेट ताकत की गोलियाँ
    और
मेहमान के हुजूर में
कुछ बातूनी अधेड़ औरतें।

तमाशा ने चारों प्रोग्राम टाइप किए और दारजी से दस्तख़त करवाकर 'लायसा ऑफ़िसर' भाटिया को भिजवा दिए।

तमाशा ने ज़रा-सी देर की, भाटिया की केबिन में झाँका और शीरीं आवाज़ में हौले से कहा, "बन्दोबस्त साहिब, तमन्ना को एक बार 'अपग्रेड' करके तो देखो—तुम्हें पछताना नहीं पड़ेगा।"

तमाशा की आवाज़ में भाटिया को अवस्थी के लहज़े की कसावट सुन पड़ी तो बारीक मियाँ के पतले हालात को मन-ही-मन दोहरा लिया।

पखवारे के प्रोग्राम देखें। अलग-अलग पूरों की फ़ेहरिस्त पढ़ी और माहिर मँजे अन्दाज़ में टेलीफोन पर सब 'फ़िक्स' कर दिया। सिर्फ़ दो छोकरियों ने नखरे दिखाए, "फीस बढ़ गई है बन्दोबस्त साहिब, अब माफ़ी।"

भाटिया ने 'इश्कपेंचा' ढीली की, "प्यारी दोस्तो, तुम्हें मालूम होना चाहिए कि भाटिया 'हार्ट-अटैक' से नर्सिंग-होम में नहीं पड़ा। हमेशा की तरह अपनी ड्यूटी पर तैनात है और तुम दोनों के फन की क़द्र करना जानता है। 'इम्पोर्टेड मेडंसफार्म' से लेकर गुस्ले-सेहत तक का सब खर्चा अलावा फ़ीस के।"

"भाटिया डियर, तुम शहद नहीं, ख़ालिस गुलकन्द हो, गुलकन्द।"

"शुक्रिया...!"

भाटिया ने पूरा बन्दोबस्त कर दारजी के दस्तख़तोंवाला काग़ज़ फाड़कर वेस्ट पेपर बास्केट में डाल दिया और इत्मीनान से तमन्ना को फोन मिलाया, "इस ओर मनमोहन भाटिया—हैलो तमन्ना डियर...!"

"तमन्ना के पास कोई वक्त नहीं हज़रत, तुम रिश्वतपुरी की कोई सस्ती लड़की तलाश करो।"

"उस दिन के लिए माफ़ी चाहता हूँ।"

"माफ़ी ? उस दकियानूसी सैकिंड-ग्रेड प्रोविंशियल अफ़सर की हजूरी में लगा दिया। आदाब लो और जहन्नुम में जाओ।"

भाटिया ने ख़ुश हो सिगरेट जला ली और दोबारा नम्बर मिलाकर कहा, "तमन्ना डियर, मुबारिकबाद ! इस बार अपने रिस्क पर बम्बई का इंडस्ट्रियलिस्ट दे रहा हूँ, चलेगा ?"

ख़ुशी से तमन्ना का दिल धड़कने लगा, पर रुखाई से कहा, "तुम्हारा क्या ठीक भाटिया–जिसे तुम इंडस्ट्रियलिस्ट कहते हो, वह धोतीबाज रघुपतिया ही न निकले।"

भाटिया ही-ही कर हँसने लगा।

"क्या नाम दिया है तमन्ना डार्लिंग–क्या नाम दिया है...धोतीबाज़ रघुपतिया..."

एकाएक छोटे बॉस की ओर से घंटी बज उठी। भाटिया ने एक चोंगा रखा, दूसरा उठाया, "भाटिया यार, स्टील के लाइसेंस का कुछ करो। अगली मीटिंग से पहले-पहले दस्तख़त हो ही जाने चाहिए।"

भाटिया ने बड़ी हलीमी से फटकार पॉकेट में डाल ली, "मामला ज़रा टेढ़ा है हजूर, पर ज़ंजीर मिलाने की पूरी कोशिश में हूँ।"

बॉस प्यारासिंह ज़रा ढीले पड़े, "लंच कहाँ ले रहे हो यार ?"

"सरकार, इस मज़दूर का क्या ठीक ! कहाँ पकाए, कहाँ खाए, अभी तक तो कुछ भी तय नहीं।"

भाटिया से उसकी नम्बर एक माशूका और दोपहर की ड्राइव झपट लेने का मलाल प्यारासिंह के दिल से धुल गया। शाबाशी के अन्दाज़ में अपने लायसाँ-ऑफ़िसर को बढ़ावा दिया, "यार, जुटे रहो कसकर, मेहनत ज़रूर रंग लाएगी।"

मन मसोस भाटिया ने बिना आवाज़ के एक करारी गाली प्यारासिंह की पतलून पर दाग दी कि तमाशा ने फ़ोन पर फुसफुसा दिया, "मोहन डियर, तुम फरीदाबाद न जा पाओगे, मेरी हमदर्दी।"

मामला भाँप भाटिया हँस दिया, "हमारे लिए तमाशा

खानम भी खाली है कि नहीं ?''

तमाशा ऐसे हँसी कि रो दी हो, ''क्या करूँ दोस्त—अवस्थी को तुम्हीं ने भिड़ाया है इस मासूम से... ।''

भाटिया को खेल सूझ गया, ''पसन्द करो तो हम तीनों लंच पर मिलें—तो पक्का रहा—एक-बीस...''

लायसाँ-ऑफ़िसर ने इनकार की कोई गुंजाइश न रखी थी। हँसकर कहा, ''कम्पनी की ख़िदमत में यह और सही।''

भाटिया ने अवस्थी का नम्बर मिलाया, ''यार, आ रहे हो न ?''

हैडक्लर्क को पास खड़े देख अवस्थी ज़रा झिझके, फिर मुख़्तसर-सा 'अच्छा' कहकर फ़ोन रख दिया।

भवानी बाबू ने रंग-ढंग देखे तो दिल-ही-दिल दो को दो से ज़रब दी।

अवस्थी ने घड़ी देखी—एक-दस। ''भवानी बाबू, दो बजेवाली मीटिंग में जाना है, ज़रा प्लान-प्रोजैक्ट्स की फ़ाइल तो ले आइए।''

भवानी बाबू चौकन्ने हुए—मुस्तैदी से साहब को फ़ाइल पेश की। अवस्थी ने सरसरी नज़र मारी, दो-एक 'पोर्शन' चौकसी से देखे और कुर्सी से उठ खड़े हुए।

साहब के बाहर जाते ही बड़े बाबू ने साहब की, 'इंगेजमैंट' डायरी देखी—'प्लान प्रोजैक्ट्स' की मीटिंग कल शुक्र को दो बजे।

दौड़े हुए बाहर गए। अवस्थी गाड़ी स्टार्ट करने को ही थे कि भवानी बाबू को देख रुक गए, ''क्यों बड़े बाबू ?''

''गुस्ताख़ी माफ़—जिस मीटिंग में हज़ूर तशरीफ़ ले

जा रहे हैं...वह कल है, आज नहीं।''

''मुझे कुछ 'डिटेल्स' डिस्कस करने योजना भवन जाना है।''

भवानी बाबू मन-ही-मन हँसे—इतने बड़े शतरंजबाज़ की यह थुड़ी चाल !

तुफंगे दहनपुर जो छूटी तो दफ़्तर-का-दफ़्तर ठंडा होकर बैठ गया।

एक ऑर्डर निकला अवस्थी के तबादले का, तरक्की पाई। एक ऑर्डर निकला कार्पोरेशन से सिन्हा का। ओहदा-बढ़ाई हुई और अवस्थी की जगह पाई।

ऐन दस बजे दफ़्तर में हाज़िर ब्रांच अपनी-अपनी सीटों पर सफेद-पीले काग़ज़ों के गट्ठों में जुट गई।

कुर्सी बदलते सौ सुराख़ों की खोज-पड़ताल। अपने-अपने ढोके सँभालने में फुरसत किसे!

भवानी बाबू ऐसे मशरूफ कि दम मारने की फुरसत नहीं। कई फ़ाइलों पर साहब के ऑर्डर बाकी थे, गज़ब की फुर्ती से फ़ाइलों पर फ्लैप लगा-लगा रखते चले।

मिनट-भर को सिर उठाया तो सबको अपनी दानिशमन्दी से ख़बरदार किया, "अपनी-अपनी फ़ाइल देखभाल लो—किसी पर भी दस्तख़त या ऑर्डर बाकी हों तो ख़मियाज़ा आप ही उठाना पड़ेगा। याद रहे, फ़ाइल के

पेटे में फ़रियाद का कोई घर नहीं...''

जियालाल हिसाब के हिन्दसों में बड़ी ज़ोर से मसरूफ थे, पर बड़े बाबू की ताईद करना ज़रूरी समझा, ''वजा फरमाते हैं भवानी बाबू, कुर्सी क्या बदलती है, छोटा-मोटा ज़लज़ला ही उठ आता है !''

जौहरी ने नए आका की तारीफ में जोड़ा, ''हिसाब बाबू, ज़मीन हिलती ज़रूर है, पर मज़बूती से टिक जाने के लिए।''

शर्मा और भारद्वाज इस गुफ्तगू पर मन मसोसकर रह गए। अवस्थी की बदली के ऑर्डर क्या निकले, भाई-बन्दों के दम-ख़म ही नॉर्मल से नीचे उतर गए।

मनसुखानी ने ब्रांच के दोनों खेमों का ख़म तौलने की कोशिश की, ''यार, कुछ भी कहो, आदमी अवस्थी होशियार हैं। हज़ार ऊँच-नीच हुए, पर बॉस आखिर गया तो तरक्की पर ही।''

सूरी कब से ज़बान में हरारत महसूस कर रहा था—फ़ाइल का नोटिंग भूल बल्गमी आवाज़ में फूट पड़ा, ''तरक्की के जुलाब से साले परशुरामियों का पेट अभी साफ़ नहीं हुआ। फफूँदी के—तरक्की आजकल काबलियत से नहीं, मुँहचुमाई और पाँवघिसाई से मिलती है।''

भवानी बाबू ने सख़्ती से सूरी की ओर देखा, ''ज़बान पर काबू रखो यार, वक्त-बेवक्त कोई इधर आ निकला, तो जान को आफत हो जाएगी।''

सूरी पसरकर कुर्सी हिलाने लगा, ''बड़े बाबू, इससे बेफिक्र रहिए—अभी तो कोर्पोरेशनियाँ दबाकर पार्टियाँ खाएगा। दिन-वार पूछेगा। मुहूर्त निकलवाएगा, तब कहीं फिल्ला पहुँचेगा इस दफ्तर के बरामदे तक।''

शर्मा-भारद्वाज गिरोह नए साहब के बारे में कुछ और

जानने को बेताब था, पर वक्त की नज़ाक़त पहचान मुँह न खोल पाया। अग्रवाल ने चालाकी से परदा उठाने की कोशिश की, "सूरी उस्ताद, मालूम होता है, तुम्हें इस मज़मून की काफ़ी वाकफ़ियत है। सच तो यह है कि तुम्हीं ने सबसे पहले अवस्थी की ट्रांसफर की दागी थी। लगे हाथ कुछ और रोशनी डाल दो। मालूम तो हो इन लौंडो को, किस हस्ती-तले काम करनेवाले हैं!"

सूरी ने अग्रवाल को घूरा, "अबे ओ बीड़ी के बंडल, इन पोदनों की अपनी क्या हस्ती! हस्ती है अवस्थी के विधान-सभाई ससुर की। उसकी लुगाई की यारी-दोस्ती की। सिन्हा के मास्टर बाप के रुतबेदार शागिर्दों की। इसी बूते पर शह-मात का सारा खेल जारी है प्यारे...!"

दिल कुछ और सुनने को उछलने लगा, पर मामला खतरनाक जान सब दबे-दबे हँस दिए।

शर्मा ने खीजकर कहा, "सूरी, यार असली बात पर आओ न! सुना है, नया बॉस बड़ा सख्त तबीयत है!"

"सख्ती काहे की यारो...वह नूनगुनः तो बड़ा मुहब्बती है। बड़े-से-बड़े और छोटे-से-छोटे चम्मच की कद्र करना जानता है। घी-मक्खन के डिब्बे तैयार कर लो, काम आएँगे, काम।"

यदुवंशी-सक्सेना ने एक-दूसरे की ओर देखा और आँखों-ही-आँखों में कुछ तहैया कर लिया।

"सूरी दादा, इज़ाज़त हो तो लंच से पहले-पहले काम निबटा लें!"

"अबे ओ पेटीकोट के, मैं तेरे हाथ पकड़े बैठा हूँ? कर ले दो-चार दिन सरकार की ख़ैरख़्वाही, फिर तो

तुम्हारी बिरादरी का नौशा आने ही वाला है। चम्मचबाज़ी में ही दिन निकल जाया करेगा।"

मज़मून को ख़तरे के निशान से ऊपर आते देख माथुर ने सूई पकड़ ली और हँसकर कहा, "दादा, दफ़्तर में तो एक बिरादरी अफ़सरों की और एक बेचारे क्लर्कों की। दूसरा तो कोई हिसाब ही नहीं।"

"वाह रे चाशनीगीर, क्या निकाली है फाँक मुरब्बे की ! सालो, काग़ज़ के कीड़ो, तुममें से हर एक उस कारपोरेशनिए के तोशखाने पर अपना सब्ज़ी-सलाम चिपका आया है। झूठ कहता हूँ ?"

दर्जनों चेहरों पर ऐसा सन्नाटा छाया कि खुशी का इज़हार करने को जोशी ने कह ही जो दिया, "गुरु, हम तो एक बात जानते हैं, जो घर का राज़ी होगा वह न किसी से मक्खन धरवाएगा, न किसी से सलाम करवाएगा।"

"चुप ओ चूतियानन्दन, आजकल जो उठता है, रिश्वत के ख़मीर से नम्बर दो का पैसा जोड़ ख़ानदानी अमीर बना फिरता है।"

जम्मनलाल ने चुटकी भरी, "सब पर एक ही लकड़ी घुमा दी उस्ताद !"

सूरी ने उठकर खिड़की में से नाक सिनकी और रूमाल से पोंछकर कहा, "बेटा जम्मनलाल अरोड़ा, याद रख गुरु का कहना—आदमी के हर पिल्ले को पेट और पतलून सताते हैं।"

एकाएक चरमराते जूतों की आवाज़ ब्रांच के दरवाज़े पर ठिठक गई। आँखें उठा जो देखा तो अवस्थी के साथ नए साहब को खड़े पाया।

भवानी बाबू लपककर कुर्सी से उठे और आदाब

बजा पास जा हाज़िर हुए।

अवस्थी ने मुलायम आवाज़ में पूछा, ''बड़े बाबू, क्या हो रहा है ?''

बड़े बाबू ने अपनी-अपनी सीट पर तैनात स्टाफ़ पर नज़र मारी और बड़ी शायस्तगी से कहा, ''रूटीन के काग़ज़ हैं साहब, लंच तक निकल जाएँगे।''

सिर हिला अवस्थी ने गहरी अफ़सराना आवाज़ में कहा, ''अब आप सब सिन्हा साहब के साथ काम करेंगे। मुझे पूरी उम्मीद है, इन्हें भी आप उसी तरह कोऑपरेशन देंगे जैसा मैं आपसे पाता रहा हूँ।''

सिन्हा ने ज़रा-सा सिर घुमाकर घुटी-घुटी नज़र ब्रांच पर डाली और अवस्थी की ओर मुँह कर कुछ फुसफुसा दिया। दोनों अफ़सरों के पीठ मोड़ते ही दर्जनों सिगरेट एकसाथ सुलग उठीं।

अपना नजूम गलत हुआ जान सूरी ने कलई फेर देनी चाही।

''लो यारो, सरकारी ऑर्डर क्या हुआ, घर के जनाने का मनमाना खेल ही हो गया। जब चाहा लड़की निकाल मारी, जब चाहा लड़का। भला पूछो, जो मुअत्तल होनेवाले थे, वे तरक्की के हकदार बन बैठे ?''

इस बात पर चुप रहना भारद्वाज की बर्दाश्त के बाहर था, ''सरकार अन्धी नहीं उस्ताद, आँखें रखती है और अपने कारिन्दों को ठोक-बजाकर देखने की अक्ल भी।''

सूरी ने तैश में आ कुर्सी पर ही फसक्कड़ा मार लिया, ''बहनचोद सरकारी दूरबीन का इल्म मुझे भी है। पर जो टूँटी और टंकी की सप्लाई के बन्दोबस्त यार लोगों ने कर रखे हैं, वहाँ बहनचोद अक्ल का क्या काम ! वहाँ

तो चालू है नकद-नारायण।''

सूरी का अगला वार पहचान शर्मा ने टोक दिया, ''बहुत बोर करते हो यार, कभी तो चुप रहा करो।''

सूरी सिर हिला-हिलाकर हँसा, ''मुझे तुमसे पूरी हमदर्दी है यार ! अवस्थी के साथ चले क्यों नहीं जाते ? मिन्नत-समाजत कर देखो। तुम उसकी सरपरस्ती में खुश रहोगे और उसे भी नए दफ़्तर में दो-चार जी-हुजूरियों की ज़रूरत तो होगी।''

शर्मा अपनी कुर्सी से उठा और सूरी के पास आ कड़ककर बोला, ''हुजूरिया तुम्हारा बाप होगा—समझे...?''

सूरी शर्मा को घूरता रहा, जैसे मुँह पर ही थूक मारेगा, फिर शरारत से हँस दिया, ''बस, इतने में ही पाद मार दिया साले ! नोट कर शर्मा ब्रदर—मेरा बाप कुछ भी था, पर मुझ-तुम जैसा कलमघसीटी क्लर्क नहीं था।''

इस बार ब्रांच को हँसता देख सूरी कुछ चुपका-सा हो गया। फिर बड़ी मायूस आवाज़ में कहा, ''यार, लानत तो हम सब पर है जो क्लर्क की कुर्सी पर ही पेंशन पा जाएँगे। इस उम्र में हमारा-तुम्हारा छुटकारा तो होने से रहा; हाँ, अपने-अपने लड़कों को अच्छे स्कूल-कॉलेजों में पढ़ाओ, सालो, नहीं तो इन्हीं अफ़सरों के लौंडे तुम्हारे बच्चों के गलों में भी नाखून देंगे। और किस्मत के मारे वे भी इन्हीं कुर्सियों पर बूढ़े हो जाएँगे।''

कुर्सियों पर टिकी पीठों पर जैसे किसी ने कोड़े फटकार दिए हों। अग्रवाल ने सूखे गले से पूछा, ''सूरी उस्ताद, तुम्हारे अपने बच्चे किस स्कूल में पढ़ते हैं ?''

जवाब में सूरी ने बड़ी हिकारत से पहले अग्रवाल की

ओर देखा। अनमनी-सी नज़र बरामदे में कुछ टटोलती रही, फिर खुश्क गले को खँखारकर कहा, ''वे साले अभी नीली छतरीवाले के मदरसे में ही पढ़ते हैं। सालों को वहीं का वजीफ़ा लगा हुआ है।''

सिन्हा ने पुख़्तामिज़ाज़ी से कुर्सी पर चूतड़ क्या टिकाए, पेशीनगोई के मुताबिक जनरल चाँदमारी शुरू हो गई। कई खीसे फटे, कई पॉकेट कटे और कई ठेकेदारों की पेशानियाँ ठंडी हुईं। करीब आधा दर्जन टेलीफोन नम्बर गूँगे हो गए और दफ्तर को बहनोई का घर समझनेवाले पेशेवर चेहरे बरामदों में से रफूचक्कर हो गए।

नए साहब के कमरे को नई तरतीब मिली। दरी बदल गई। बाएँ हाथ को पड़ा टेलीफोन दाएँ को आ गया और भुनी गन्दम-सा चेहरा हुकूमत बनकर कुर्सी पर चिपक गया।

भवानी बाबू नए साहब के हुजूर में पहली बार हाज़िर हुए तो रम्ज़शनास सिन्हा ने एक ही नज़र में भाँप लिया कि बाबू उन्होंने अक्ल का तेज़ पाया है।

भवानी बाबू ने सलीके से फ़ाइलें पेश कीं। जो भी केस सामने रखा, तैयारी के साथ। पीछे का रेफरेंस दिया तो पुराने अफ़सर की शान में न कोई गैरमाकूल इशारा

किया, न बेकार बयानी। सिन्हा को दिल-ही-दिल इस वज़ादारी से कुछ झुँझलाहट हुई।

बड़े बाबू जाने को उठे तो भौंहें चढ़ा, सिन्हा ने अपने रौब की पहली कील गाड़ दी, "भवानी बाबू, स्टाफ़ को ज़रा कसकर रखिए—पहले-जैसा हल्ला-गुल्ला मुझे पसन्द नहीं।"

"जी साहब...!"

भवानी बाबू के सीट पर पहुँचने से पहले ही लड़के बैठे-बैठे उनकी पहली पेशी के अन्दाज़े लगा रहे थे। चाहा आज ही लगे हाथों साहब के पैगाम का ऐलान कर दिया जाए, फिर जाने क्या सोच अपने चेहरे को ढीला छोड़ा और ज़रा ऊँची अफ़सरी के अन्दाज़ में चाय का ऑर्डर कर दिया।

मतलब साफ़ था—नए अफ़सर पर बड़े बाबू का हेडक्लर्की सिक्का जम गया।

माथुर ने पूछा, "कहो साहब, कैसी रही मुँहदिखाई ?"

"कलम कुछ चले तो मालूम हो यार, अभी से क्या कहें..."

भारद्वाज ने कसोरा बजा देने की गर्ज से कहा, "मशहूर तो सिन्हा के बारे में यह है कि कलम नहीं, शमशीर है। इधर चली तो गर्दन चाक, उधर चली तो टपकन में ही रूह निहाल ! सुनते हैं, नया साहब अंग्रेजी फर्राटेदार लिखता है।"

भवानी बाबू मनसुखानी की ओर मुड़े, "आँकड़े तैयार हो रहे हैं न ? कल लंच तक चाहिए होंगे।"

"उसी में जुटा हूँ बड़े बाबू ! हाँ, एक अर्ज़ है—साहब की आमद में एक पार्टी हो जाए।"

सक्सेना ने खुशी-खुशी दिल की ज़ाहिर की, "दादा,

आज तो शामी कबाब और चाय उड़े।"

अग्रवाल ने जल-भुनकर कहा, "शामी कबाब, मांस, मछली और माता का प्रसाद, इनके सिवाय कुछ और भी भाता है इन कायस्थ के बच्चों को !"

जौहरी ने सक्सेना को आँख मारी, "बोल बे, करता है कबूल यह जुर्म ?"

सक्सेना ने शरारत से बड़े बाबू की ओर देखा और कान पकड़ नसीहत निकाली, "कबूल, गुनाह कबूल।"

गोयल कुछ कहना ही चाहता था कि मठरी-कचौड़ियों की डकार ने रास्ता रोक दिया।

सूरी ने आवाज़ सुन फ़ाइल पर से आँख उठाई, "सुबह-सुबह किसके यहाँ से डट के आया है दोस्त ! ज़रूर किसी आसामी ने तकाज़ा फेंका होगा।"

गोयल ने गुस्से से देखा तो शर्मा ने उसकी ओर एक खुफ़िया नज़र फेंक सूरी को उलझा लिया, "सूरी यार, उस विलायती कचरे का क्या किस्सा रहा ? सुना है, कोई पहुँचे हुए हज़रत लाखों हज़म कर गए। एक बार केस खुले तो बड़े-बड़े पोशीदा राज़ ऊपर आएँगे।"

"मोटे दिमाग पर रन्दा मार साले—उस चिटफंडी की धोती भले खुल जाए, उसके खिलाफ केस नहीं खुल सकता।"

"ऐसा भी क्या अन्धेर है बड़े भाई, आख़िर कानून के 'शिकंजे' से कब तक बचेगा ?"

"जानता भी है इस कचहरी के कट्टे को ! बीस ट्रकें, दो चिटफंड और काला बाज़ार स्मगलर सिंडीकेट का मालिक है। औरतों का कोऑपरेटिव बहनचोद अलग से चलता है।"

"औरतों के कोऑपरेटिव से क्या मतलब है तुम्हारा

दोस्त ?"

"वाह भोले बादशाह, रहते किस दुनिया में हो ! हर नाक-नक्शे और कद-बुत की शेयर-होल्डर ज़नानी का कार्ड तैयार रखता है सेठ और टेलीफ़ोन के ज़रिए इज़ारबन्द-सर्विस चलाता है।"

भवानी बाबू ने डपटा, "कहे देता हूँ, अब पहले-जैसी बात नहीं। मुँह से उल्टी-सीधी निकालने से परहेज़ किया करो।"

सूरी ने चाय-समोसे आते देखे तो अपनी सीट छोड़ भवानी बाबू के सामनेवाली कुर्सी खींच ली, "सीधी और उल्टी क्या भवानी बाबू, अपने बहनचोद तो आला अफ़सर बनने से रहे। अक्ल मुताबिक काम करते हैं और खरे को खरा और खोटे को खोटा कहते हैं।"

किसी ने हौले से कस दी, "सूरी उस्ताद, कहनेवाले कुछ और भी कहते हैं।"

सूरी ने आँखें दिखाईं, "कनस्तर के कंकर फूट भी तो दे अब, पता तो लगे, बाबू लोग कहते क्या हैं ?"

"बुरा न मानना यार, सुना है, अवस्थी के पहले चावला के ज़माने में हरे पत्ते तुमने भी कम नहीं बटोरे।"

"एक-सौ-तीस के ग्रेडिए साले, एक पतलून धोता हूँ, दूसरी लोहा कर दफ़्तर हाज़िर होता हूँ। हराम की कसम न होती तो फैलसूफियों का टिकट मैं भी कटा सकता था।"

गोयल ने बीच-बचाव के बहाने और भड़काया, "सूरी यार, असल में चावला से तुम्हारी जो साठ-गाँठ थी, उसी से यह नतीजा निकाला गया है।"

"चुप ओ पंसेरीलाल, मेरी और चावला की क्या बराबरी ? वह बारह-सौ-बीस का लट्टू और मैं ढाई सौ

रुपल्ली का टट्टू।''

लोगों के कहकहों में भी अग्रवाल चूका नहीं, ''कुछ भी कहो यार, थे तो तुम दोनों हमवतनी।''

सूरी ने उठकर अग्रवाल की गर्दन पकड़ ली, ''सुन ओ बेबसी के टैंडर, चावला कहाँ से आया मेरा हमवतनी ! मैं ठेठ मर्दान का और चूतिया चावला काला बाज़ार दिल्ली की पैदाइश, साले फिर कभी मुझे उसकी ब्रैकट लगाई तो सीधे पानीपत पहुँचा दूँगा।''

बख़्शी ने मज़ा लिया, ''गाली-गलौज़ में क्या रखा है उस्ताद, असल बात बताकर इन यार लोगों का वहम खतम कर ! फिर देखें, तुम पर कौन चार्ज लगाता है हमवतनी का और इसकी आड़ में हराम की फसल काटने का !''

''चुप बे अफले, टी ए-बिल पर ऐसा ऑब्जैक्शन ठोकूँगा कि बीवी के सारे अरमान धरे रह जाएँगे।''

''फिर वही टालमटोल यार, यह तो बता दो, चावला तुम्हें आए दिन किस गड्डी का सलाम भेजा करता था ?''

इस बार सूरी पेट फुला-फुला हँसा, ''सलाम की सुनोगे तो घी में तली कलेजी भूल जाओगे।''

''कल से पहले तुम्हारी तरक्की हो उस्ताद, अब इन्तज़ार न करवाओ, सब कह ही डालो।''

''कनरसिए साले, तो लो सुनो। सर्दियों के दिन थे। छुट्टी के दिन शाम को सस्ती सब्ज़ी की तलाश में जो निकला तो चलते-चलते कहीं-का-कहीं पहुँच गया। इत्तफाक से घड़ी घर भूल गया था। इधर-उधर देखा, कहीं से वक्त पता लगे। तभी पटरी से लगी चावला की मोटर दीख पड़ी। सोचा, लगे हाथों सलाम भी हो जाएगा और वक्त भी पूछ लूँगा साहब से। वक्त तो क्या पता लगता,

पर इस तुम्हारे यार ने जो पता पा लिया, वह टाइम और घड़ी दोनों से बड़ा था।"

"पहेलियाँ न बुझाओ यार, मोटर में था क्या ?"

" 'अलफ़' से लेकर 'ये' तक के खुलासे भी मैं ही करूँ ! तो लो सुनो–मोटर में हो रहा था–गुल्ली-डंडा !"

ब्रांच-भर की आँखों के आगे मेज़, कुर्सी और फ़ाइलें सब गायब हो गए। साँस रोके किसी ने पूछा, "यार, बताओ तो सही, था कौन-कौन ?"

सूरी की हँसी थुलथुले पेट पर आ फैली, "होता कौन, ठेकेदार रलियारामजी तमंचो और अपना साहब चावला।"

सूरी ने समोसा मुँह में डाला, चाय के घूँट लिए और हाथ से मुँह पोंछकर कहा, "सुसरो अगले ही दिन से बस साहब के सलाम शुरू हो गए। कभी बुलाकर पूछता–सूरी, इस सीट पर कितने साल से काम कर रहे हो ? कभी पूछ लिया–एक्साइज़ में जाना चाहोगे...याद है बड़े बाबू, सीनियोरिटी के चक्कर में मेरा केस भी चावला ने धकेला था ?"

अब तक सक्सेना का दिल-बदन फुँकने लगा था। चावला के अहद में कुछ सौदे उसने भी पटाए थे। जलन के मारे चुप न रह सका, "अब तो फन्नेखाँ जो भी कहेंगे, सफेद, सच बन जाएगा।"

"बत्ती बनाकर डाल ले इस सफेद सच को अन्दर। खुद ही सोच साले, मुझे चावला से क्या लेना-देना था ! न तो वह रलियाराम की चुदक्कड़ अशर्फी और न वह ठंडे पानी का चश्मा जो ग्रेटर कैलाश में चावला ने नई कोठी में फिट करवाया था। झूठ क्यों कहूँ ब्रादर, इतना फ़ायदा ज़रूर हुआ कि ज़माने से ख़राब सूरी के 'कॉन्फीडेंशल' पर

किसी गलतफहमी में ही चावला जाते-जाते एक 'गुड' ठोक गया।"

जौहरी ने चकोटी ली, "सूरी उस्ताद, हवाई तुमने गज़ब की छोड़ी है, पर यह तो बताओ, दरिया चावला इस दारुलखिलाफ़ा से निकलकर मुड़ा किधर ?"

"जो एक ही हल्ले में अमरीका पहुँच जाए बाबू साहब, समझ लो कोई ऊँची घात है।"

भारद्वाज से नहीं रहा गया, "पता तो लगे, किस चार हाथवाले बाप की छतरी है चावला के सिर पर !"

सूरी ने एक और समोसा निगला और चाय का प्याला खाली कर मुँह पोंछ लिया, "यह इन्फर्मेशन भी चाहिए तो हाज़िर है। चावला की माँ मशहूर लीडराने कौम हरिभाईजी की धर्म-बहन थी। समझे बेटा, धर्मात्मा मामा-भानजे को अभी तक लड्डू खिला रहा है और बहन की आशिकी के सबूत दे रहा है।" सिन्हा के हाथों महकमे के अन्दरूनी पेचों के कसते ही सरदार हजारासिंह ने अपनी पुरानी हिकमत की किताब से बीमारी का अक्सीर नुस्खा निकाल मारा—पेचिस का इलाज इसपगोल। छोटे-बड़े साले जोरावरसिंह और, जुझारसिंह और बेटे प्यारासिंह के साथ 'इमरजेंसी लैवल' पर सलाह-मशवरा किया और कुछ अहम कदम उठाने का फैसला कर दिया :

"घाटे में चल रही 'सिस्टर-कनसर्न' 'न्यू इरा एंटरप्राइज़' में कुछ सरमाया डालकर नई रूह फूँक दी जाए।

कम्पनी के डायरेक्टरों में समाजसेवी गोकुलभाई को शामिल कर लिया जाए।

छोटे सरमाएवाले कुछ ठेकेदारों का एक पैनल बना लिया जाए और उनकी सप्लाई भुगतान में 'न्यू-इरा' में

सब तरह की माली और टेक्नीकल मदद करे।

गोकुल भाई के दामाद तनसुखराय जैन को 'न्यू इरा एंटरप्राइज़' का मैनेजर मुकर्रर कर दिया जाए।

प्यारासिंह की बीवी, बीबी सतवन्तकौर के नाम की गोल्फलिंकवाली कोठी कम्पनी के लिए गैस्ट-हाउस के मुनासिब किराए पर ले ली जाए।

कोठी की साज-सजावट का ठेका सतवन्तकौर के भाई सुरजीतसिंह को दिया जाए जो 'डैकोरेटर' की मदद से कोठी को दर्जा अव्वल बना दे।

गैस्ट-हाउस में एक बार-काउंटर हो और उस पर पार्क क्लब के सीनियर आबदार को मुँह-माँगी तनख्वाह पर तैनात कर लिया जाए।

‘हज़ारासिंह प्यारासिंह’ के हफ्तावारी गज़ट की कॉपी भाटिया के पास पहुँची तो मूँछों पर गोंद ही चिपक गया। आलीजाह ने रिसालदारी भी दी तो किसे ! देखें, ‘हज़ारासिंह प्यारासिंह’ के बाड़े में कितने नए किल्ले और गड़ते हैं, कितनी भैंसें रस्सा तुड़ाकर भागती हैं ! जिस सियासी गुर्गे को खुद भाटिया ने ‘लोकल-सरकल’ का कुतुबनुमा बनाया, अब वही सब्ज़ीखोरा मुकाबले की कुर्सी पर मैनेजरी भी करेगा।

दारजी ने भाटिया को याद फरमाया तो भाटिया को बिल्कुल मालूम था, उसे क्या कहा जाएगा, क्या पूछा जाएगा और क्या दिया जाएगा।

सरदारजी हस्बेमामूल तमाशा को डिक्टेशन दे रहे थे। हाथ से बैठने का इशारा किया और डिक्टेशन जारी रखा :

जैतपुरवाला फार्म मामूली दामों पर अवस्थी की बीवी को बेच दिया जाए।

जल्द ही कुछ ऊँचे आला अफ़सरान और ग़ैर-मुल्की नुमाइन्दों के लिए शिकार का बन्दोबस्त किया जाए।

अवस्थी के नए बॉस श्रीवास्तव के लिए हर किस्म की 'एंटरटेनमेट' मुहय्या की जाए।

सिन्हा का रवैया ढीला करने के लिए 'मातादीन बिन्दाप्रसाद' के ज़रिए 'तरमाल' पेश किया जाए।

ऑफ़ीसर ऑन - स्पेशल ड्यूटी नित - नेमवाले आत्माप्रसादजी की शान में सत्संग और कीर्तन करवाए जाएँ।

ढींगरा, टंडन और अवस्थी की इन्क्वायरी में उनके रोल का पूरा-पूरा फ़ायदा उठाया जाए।

मशहूर बहन तरंगवती की मदद से किसी पहुँचे हुए साधु-महात्मा को प्रवचन के लिए बुलाया जाए। महात्माजी नजूमी हों तो सोने में सुहागा।

नए इन्कमटैक्स ऑफ़िसर कपिलदेव को अभी दो-तीन हफ्ते 'वाच' किया जाए।

तमाशा के उठते ही दारजी ने भाटिया को शाबाशी की आवाज़ में कहा, "तनसुखराय अभी काम में नया है, पेचीदा मामलों में उसे गाइड करने की ज़रूरत होगी।"

सरदारजी ने लगाव से साफे पर हाथ फेरा, "काकाजी ! किसी-न-किसी तरह न्यू इरा को खड़ा तो करना ही हुआ न !"

भाटिया ने बिना कुछ कहे होंठ सिकोड़ लिए तो दारजी की पारखी आँख अँधेरे में निशाना टटोल गई। करीब आधी सदी की ममियाई निचोड़कर कहा, "बरख़ुरदार, गोकुल भाई का रसूखी कंधा ख़रीदने के लिए तनसुखराय को मैनेजरी देनी ज़रूरी थी। सोचनेवाली एक बात और भी थी। गोकुल भाई का बहनोई साबुत सीनियर मिनिस्टर

है। कोई कटपीसवाला मामला भी नहीं।"

दारजी ने उड़ती-उड़ती नज़र से भाटिया का सूजा हुआ चेहरा देखा और मज़ाक से कहा, "तुम्हें किस बात की फिक्र है—तुम तो इन लौंडों-लपाड़ों के मानीटर हो यार ?"

जवाब में भाटिया न हमेशा की तरह अदब से हँसा, न मुस्कराया। मेज़ पर से टाइप किए कुछ काग़ज़ उठाए और चुपचाप बाहर हो गया।

"माँ-याव्हा... ।"

दारजी ने लाड़ से गाली दी और तमाशा को बुलाकर भाटिया के लिए एकमुश्त तीन सौ की तरक्की का ऑर्डर लिखवा दिया।

दारजी के दस्तख़त होते ही तमाशा अन्दर आई और भाटिया की गर्दन से झूलकर कहा, "बड़े उस्ताद हो 'बॉस', फ़कत मुँह फुलाकर तीन सौ झाड़ लिए।"

भाटिया ने ऑर्डर पढ़ा और तमाशा को चूम लिया।

"तमाशा डार्लिंग, तुम्हारी उँगलियाँ हमेशा ऐसे खुशगवार ऑर्डर टाइप करती रहें।"

"मोहन डियर... !"

तमाशा की आवाज़ एकाएक चुलबुलाहट से उदासी में बदल गई।

भाटिया ने भाँपा और हाथ से घेर तमाशा को मेज़ पर बिठा लिया, "तमाशा डियर, तुम्हें फिक्र किस बात की है ? भाटिया को अपने से ज़्यादा अपने साथियों का ख़याल है। मौका तो लगने दो..."

तमाशा ने बेबसी की मुस्कराहट पर चमक बरसा दी और दोस्ती का हाथ लहराकर बाहर निकल गई।

भाटिया ने मँजे खिलाड़ी के अन्दाज़ में अपनी

तरक्की का ऑर्डर डबल पेग की तरह हलक से नीचे उतार लिया, सरूर-भरे हाथों टेलीफोन उठाया और रोज़ाना का काम शुरू कर दिया।

"श्रीवास्तव साहब, भाटिया अर्ज़ कर रहा हूँ।"

"कहो यार, क्या हुक्म है ?"

"हुजूर, रात को तकलीफ कर सकें तो मशकूर हूँगा।"

"तकलीफ कैसी यार, हुक्म करो।"

भाटिया ने आवाज़-ही-आवाज़ में श्रीवास्तव को आँखों पर बिठा लिया, "हुक्म के लायक तो इस गुलाम के पास क्या है साहब, कुछ यार-दोस्त मिल रहे हैं..."

"जगह बताओ दोस्त ! पक्का तो नहीं, हाँ, कोशिश ज़रूर करूँगा।"

"अपने गरीबखाने पर ही।"

श्रीवास्तव के पास बैठे अवस्थी ने इस गुफ्तगू से कुछ अन्दाज़ लगाया और तड़पते हुए अपने कमरे में आ तमाशा का नम्बर मिलाया, "माशू, आज रात तुम भाटिया के यहाँ नहीं जाओगी ?"

"बचकाना बातें न करो, तुम ठीक जानते हो, यह मेरी नौकरी है, तफरीह नहीं।"

अवस्थी तिलमिलाकर रह गए। कुछ न सूझा तो बीवी को फोन कर मारा, "डार्लिंग, शाम को घर नहीं आ रहा। श्रीवास्तव के साथ कहीं खाने पर जाना है।"

डार्लिंग ने बिना कुछ कहे बेफिक्री की साँस ली तो अवस्थी झुँझलाया। बीवी को कोंचने के साथ-साथ मतलब गाँठने की सोची, "डार्लिंग, ज़रा जोशी को फ़ोन करोगी—उसी इन्फर्मेशन के लिए श्रीवास्तव फिर बोर करेगा।"

“ओफ...ओ...किस इन्फर्मेशन का ज़िक्र कर रहे हो ?”

फोन पर बीवी का लहजा सुनकर अवस्थी का ख़ून खौलने लगा, पर किसी तरह अपने पर काबू पाकर कहा, “वही सब्बरवाल सतनिवासवाला मामला...”

“ओह, मौका मिला तो फोन पर बात करने की कोशिश करूँगी। मालूम नहीं, धीरू भाई को फुरसत भी होगी कि नहीं !”

धीरू भाई के नाम से ही तमाशा की कमर अवस्थी के सीने में शोरगुल मचाने लगी। सूखे गले से कहा, “शाम को तो तुम्हें कुछ करना नहीं—धीरू भाई के यहाँ चली क्यों नहीं जातीं ?”

'मातादीन-बिन्दाप्रसाद' के नाम का पहला टेंडर मंजूर कर सिन्हा ने अपने अहद में महकमे की नई 'लाइव-वायर' और उसके 'मेन-करेंट' की बिस्मिल्लाह कर दी।

भारद्वाज-शर्मा गिरोह ने दिल-बदन में कुछ ऐसी बशाशत पाई कि लम्बे सफ़र के बाद सीधे हौज़खास में गुस्ल किया है।

खुलेआम अवस्थी के जाँघिए में छेक दिखाकर 'याह-याह' करनेवाले मन्सूबिए ठंडे होकर अपनी-अपनी फ़ाइलों में गुम हो गए तो शर्मा ने बाकायदा छेड़छाड़ करने की गरज़ से सिन्हा की वल्दियत और खानदानी शजरा ही पेश कर दिया :

मुरादाबाद के तम्बाकू फरोश जनाब सुखनन्दनप्रसाद के साहबज़ादे हुजूर सिन्हा साहब कुर्सी पर बैठते ही आला मुगलिया खानदान से तआल्लुक रखनेवाले हो गए। पी.सी.एस. में तुक्का लग जाने के बाद दो-चार जगहों में कुछ ऐसे जमे कि अफ़वाह के मुताबिक सरकार जल्दी ही इन्हें

आई.ए.एस. में नामज़द करनेवाली है।

वतन-परस्ती के सिलसिले में क्योंकि इनके दादा साहिब के मौसेरे भाई कुछ दिन अन्दर की हवा खा आए थे, इसलिए सयासी हलकों में भी काफी रसूख रखते हैं।

इधर हुजूर के ननिहाल का पीढ़ियों से चला नाम 'मातादीन-बिन्दाप्रसाद' अब बढ़िया 'लेटर-हैड' पर छपकर सरकारी ठेकेदारी की फ़ेहरिस्त में शामिल हो गया है।

जोशी ने इस दिलचस्प मज़मून पर मजलिस जमा देने को कहा, "मुहूर्त तो हो गया दोस्तो, अब देखें जगत माता के भंडार से कौन-कौन प्रसादी पाता है !"

बख्शी ने सिगरेट जलाई और मुखालफीन की तरफ़ धुआँ छोड़कर कहा, "जो लक्ष्मी के ज़ोर से इस कलजुगी देवी को रिझाएँगे, भेंटा चढ़ाएँगे, वही ख़ुशक़िस्मत मुरादें भी पाएँगे।"

जौहरी जो सचमुच में माता का भगत था, सुनकर गुस्सा खा गया, पर बड़ी शायस्तगी से बोला, "बख्शी यार, तुम्हारे भले के लिए कहता हूँ, तुम बाल-बच्चेदार आदमी हो, आपस की थुक्का-फज़ीहत में किसी देवी-देवता या पीर-औलिया की शान के खिलाफ कुछ कहना ठीक नहीं।"

मन-ही-मन सहमकर बख्शी कुछ जवाब न दे पाया तो सक्सेना ने पूरा ही इलाज कर देना मुनासिब समझा, "दोस्त, जिसके इलाही दरबार में बादशाह अकबर-जैसों ने सिर झुका दिया..."

सूरी किसी ड्राफ्ट पर काफ़ी देर से काटा-पीटी कर रहा था, सिर उठाकर कहा, "डरा दे, डरा दे कनकव्वे साले ब्राह्मण के बच्चे को। खाने-पीने को देवी का भगत बना फिरता है। अबे जानता भी है, आजकल घर-घर जोत

जगानेवाली जिस देवी का प्रताप है, वह शेर की सवारीवाली दुर्गा माता नहीं, खनकते नावेंवाली काली माई है, कलजुगी माई।"

भारद्वाज जो खुद खप्परवाली से डरता था, मज़मून बदलकर बोला, "यार सक्सेना, तम्बाकू फरोशों की गद्दी लंगेपे में भी कब तक दुलत्ती झाड़ती है, अब यही देखना बाक़ी है।"

सक्सेना ने सिर झुका तीर का वार सँभाल लिया, "अपना-अपना नज़रिया ही तो है दोस्त ! हमसे पूछो तो अफसरान को तो लंगेपे में भी लंगेपा नहीं। फिर जिसका ज़िक्र तुम कर रहे हो, वह तो ख़ुदा के रहम से अभी हाथ-पाँव से दुरुस्त है। दोस्त, लंगेपा है तो हम कम तनख्वाह पानेवालों को, जिनकी दो टाँगें भी एक के बराबर समझो। पैसे दिए दूध-राशन के तो एक टाँग गई—फीस दी बच्चों की तो दूसरी भी नकारा।"

मनसुखानी ने शरारत से सक्सेना की ओर देखा, "सब परेशानियों और ज़ख्मों पर एक ही मरहम काम करता है प्यारे...!"

भवानी बाबू ने बातचीत का रुख पहचान सक्सेना के बहाने मनसुखानी के मुँह पर गट्टा रख दिया, "परेशानियों का तज़किरा करने के लिए क्या लंच टाइम काफी नहीं ?"

जोशी की एक छोटी-मोटी झड़प बड़े बाबू से हो के चुकी थी। ढिठाई से कहा, "बड़े बाबू, जहाँ यार-दोस्त मिल बैठेंगे, वहाँ पर चकल्लस तो चलेगी ही।"

फिर शर्मा को आँख मार दी, "दोस्त, जहाँ तवाइफ़ वहाँ साज़िन्दे।"

सुनकर सूरी को मज़ा आ गया, "जोशी यार, खूब

टिकाई है, पर यार, जहाँ छम्मो और उसके साज़िन्दे होंगे वह तो कोठा होगा लोलियों का और यह ठहरा खिदमते-खलक का दफ्तर।''

भवानी बाबू ने एक ज़हरीली नज़र फेंकी और बिना कुछ कहे-सुने बाहर हो गए।

सूरी बुड़बुड़ाया, ''काहे का हैड-बाबू ! हैड-यतीम है, हैड-यतीम। जहाँ सच कहने-सुनने का मौका आया, पकड़ा लोटा और चल दिए टट्टी फिरने।''

आधे से ज़्यादा लोग चुप बने रहे, सिर्फ भारद्वाज, शर्मा और जोशी के गुस्ताख़ कहकहे बेशर्मी से कमरे में गूँजते रहे।

यदुवंशी ने फाइल रखने के बहाने पास बैठे माथुर को कानी मारी तो सूरी और भड़का, ''बता तो सही, आँख मारकर कहना क्या चाहता है यार को, सुलेमान ! मर्दम-शुमारी करवाकर देख ले, शाजो-नादिर कोई मर्द बच्चा मिल जाए तो मिल जाए, नहीं तो बहनचोद कौम ही जनखों की हो गई है। मैं तेरी खुशामद, तू मेरी और वह उसकी ! मैं तुम्हारी ठुड्डी चूमूँ, तुम मेरी और फिर दोनों मिलकर ऐसी तिकड़म लड़ाएँ कि बहाने-बहाने किसी की मुंडी ही खसोट लें।''

माथुर ने पुराना नुक्ता इस्तेमाल किया, ''सूरी उस्ताद, तुम्हारे कहे मुताबिक तो मालूम यह होता है कि दुनिया-की-दुनिया ही ज़लील है। भाईजान, ऐसे दिलजले न बनो कि लोग तुमसे सिर्फ़ गाली की ही उम्मीद करें।''

सूरी हँसा, ''यार कलमघसीटू, बाँध ले गाँठ मेरी बात...आदमी को गाली नहीं, गोली लगती है। चाहे अम्ल की हो या जमालगोटे की। चाहे कुनैन की हो या पिस्तौल की।''

ब्रांच-की-ब्रांच ठठाकर हँसने लगी तो माथुर ने भी हार मानने से इन्कार कर दिया, "गुरू, दुनिया की नंगई और ज़लालत की बात तो तुम ऐसे करते हो जैसे इसी से तुम्हारा दिन-रात का वास्ता हो! आख़िर हर बार लौट-पलटकर इसी की माला जपने का कुछ सबब तो होगा।"

"बड़ा दूध का धुला बनता है, साले जैसे मालूम न हो कि नंगई और धोखाधड़ी इस ज़माने में गुनाह नहीं—हर आदमी का निबाह है, निबाह...।"

माथुर ने हाथ का कलम नीचे रख दिया, "सूरी उस्ताद, अभी भी दुनिया में कुछ सच्चाई और ग़ैरत बाकी है। एक-दूसरे की कमज़ोरियाँ उछालने से ही सब पाक-साफ़ नहीं हो जाएँगे।"

"वाह प्यारे, दिल्लीवाले साचे महाराज, क्या गिलोरी पेश की है! साले हर संड-मुस्टंड, हमा-शुमा, गधा-टट्टू अपना-अपना चोला बदल जरनैली सड़क पर मोटरें दौड़ता फिरता है—तुम्हारे ख़याल में सच्चाई और करम की वजह से। मूत दे यार अपनी बात पर और याद रख, आज के काला बाज़ार में सिर्फ़ काली कारस्तानियों से ही तरक्की मिलती है और इन्हीं से ख़्वाबों के महल हक़ीकत बनते हैं। चाहता है लूटना मज़े इस ज़िन्दगी में तो ब्रादर मेरे, मोहरे रख और मोहरे उठा। रिश्वत दे और रिश्वत ले।"

भवानी बाबू एकाएक कमरे में दाख़िल हुए तो कसे हुए चेहरे की रस्सी बटी थी। आते ही सख़्त आवाज़ में कहा, "काम करने की बजाय दफ़्तर में बैठे-बैठे गन्दे ख़यालातों का इज़हार करने और दफ़्तर का माहौल बिगाड़ने की इज़ाज़त सरकार मुलाज़िमों को नहीं देती।"

बड़े बाबू की हैडक्लर्की आवाज़ पर लमहा-भर तो

सूरी भवानी बाबू को घूरता रहा, फिर हो-हो कर हँस दिया, "क्या 'रूल' निकाला है माँ के पोदनों ने! जैसे 'फंडामेंटल' की किताब सूरी ने पढ़ रखी हो। बहनचोद, मेरी बातों से दफ़्तर का माहौल बिगड़ता है और जो लेन-देन, ठेके-कमीशन के शाही धन्धे दफ़्तर में दिन-रात चालू हैं, वह तुम्हारे कहे ब्रह्मचारियों के खेल हैं न !"

"सूरी उस्ताद, बड़े बाबू का कतई यह मतलब न था। बेकार झगड़ा-झड़प करने से क्या फ़ायदा दोस्त !"

सूरी ने एक मसखरा हाथ टेबल पर झटक दिया, "अबे ओ अर्जीनसीब, इकन्नी के लटके में सौ का फायदा उठाना चाहता है !"

भवानी बाबू के बर्दाश्त की इन्तहा हो गई—हुक्म किया, "बकवास बन्द करो !"

सूरी ने भवानी बाबू की आँखों में सचमुच लपलपाती आग-सी देखी तो आपे से बाहर हो गया, "चोर की दाढ़ी में तिनका भैये ! हमीं पर रौब गाँठता है। यारी, दोस्ती और गुलाब-पाशों के ज़ोर 'इन्क्वायरी' की बोलती भले बन्द हो गई हो हैडबाबू, पर दुनिया भी यहाँ बैठी-बैठी झक नहीं मारती। बड़े बापवाला अवस्थी, अवस्थी का साहब टंडन और क्लर्क पाशा भवानी बाबू—इन सबने मिलकर सयासी गुर्गों के 'थ्रू' जिस-जिसको 'गूँ' के बालूशाही खिलाए हैं, यारो, हुक्म करो तो उस पर भी रोशनी डाली जाए।"

भवानी बाबू ने अजीब वहशियाना-सी बेबसी और तड़प से कलमदान में से कलम उठाया और लिखने के लिए वर्क खींच लिया।

सूरी भौंडेपन से हँस दिया, "इस कलम में स्याही-ही-स्याही है, क्लर्क-पादशाह, दम-खम नहीं।"

बात हाथ से निकलती देख जियालाल बाबू अपनी कुर्सी से उठे और सूरी के पास आ बड़े खुशामदाना अन्दाज़ से कहा, ''सूरी उस्ताद, जो बेधड़क गुर्दा तुमने पाया है वह तो लाखों में एक को भी नसीब नहीं, पर यार, अपने साथियों की ऊँच-नीच में सुनी-सुनाई उछाल उनकी खिल्ली उड़ाना कोई बहादुरी नहीं।''

''सीनियर हिसाबराम, सूरी लोगों से बहादुरी के तमगे माँगने नहीं जाता और न ही वह तुम्हारी तरह खोपड़ियों की खाद में ज़हर के पौधे उगाता है। जो कहना होता है, सरे-बाज़ार कहता है।''

''दोस्त, हम छोटे-मोटे क्लर्कों की क्या बिसात ! हम सब तो किसी बड़े हजूम की रेल-पेल में फँसे हैं...।''

सुनकर सूरी को भवानी बाबू से कुछ ऐसी हमदर्दी हुई कि पछतावे-ही-पछतावे में खाँसी उठ आई। एक बलगमी थूक खिड़की से बाहर दे मारी और पतलून को ऊपर करते-करते बुड़बुड़ा दिया, ''सच तो यह है हिसाबबाबू कि हममें से हर एक चूतिया है और हर एक उल्लू का पट्ठा। यूँ तो हमसे भी बड़े उल्लू के पट्ठे मौजूद हैं जो हरामज़दगी में उन गुरुघंटालों के भी बाप हैं जो फोकट की चुसकियाँ खिलाकर ख़लकत के महबूब बने फिरते हैं !''

●●●